Walter Dean Myers
Scorpions

Dieser Band ist auf 100 % Recyclingpapier gedruckt.
Bei der Herstellung des Papiers wird keine Chlorbleiche verwendet.

Der Autor:

Walter Dean Myers wurde 1937 in West Virginia geboren und wuchs bei Pflegeeltern, namens Dean, in New York City auf. Er verbrachte seine Kindheit und Jugend in Harlem und fing schon früh an, sich mit dem Milieu, in dem er lebte, schriftstellerisch auseinanderzusetzen.
Myers arbeitete viele Jahre als Verlagslektor und veröffentlichte über 30 Bücher, von denen einige mehrfach ausgezeichnet wurden.
›Scorpions‹ kam 1989 auf die Ehrenliste der Newbery Medal.

Walter Dean Myers

Scorpions

Aus dem Amerikanischen von Ulla Neckenauer

Deutscher
Taschenbuch
Verlag

dtv

Titel der amerikanischen Originalausgabe: ›Scorpions‹, erschienen 1988 bei HarperCollins Publishers Inc., New York

Leicht gekürzte Ausgabe
Mai 1993
Deutscher Taschenbuch Verlag GmbH & Co. KG, München

ISBN 3-401-07075-4
Umschlaggestaltung: Klaus Meyer
Umschlagbild: Hubert Stadtmüller
Gesetzt aus der Garamond 10/11˙
Gesamtherstellung: Ebner Ulm
Papier: ›Recycling Book-Paper‹,
Steinbeis Temming Papier GmbH, Glückstadt
Printed in Germany · ISBN 3-423-78039-8

Für Brandon, Brian und Beverly

1

»Siehste was?«

»Nö.«

»Warum gehste nicht zur U-Bahn?«

»Angenommen, sie kommt mit 'm Bus oder nimmt sich 'n Taxi?«

»Für 'n Taxi hat sie kein Geld.«

»Aber den Bus könnt sie nehmen.«

Jamal saß am Fenster und sah auf die Straße hinunter. Es hatte geregnet, und er fragte sich, ob seine Mutter wohl einen Schirm mitgenommen hatte.

»Ich hab Kohldampf«, sagte Sassy.

»Du hast doch schon was gefuttert«, gab Jamal seiner kleinen Schwester zur Antwort, ohne sie anzusehen.

»Magste fernsehgucken?«

»Du bist's doch, die immer fernsehgucken will«, sagte Jamal.

»Hab ja bloß gefragt«, meinte Sassy. »Machste dir Sorgen?«

»Ich wüßt nicht, weswegen.«

»Wieso hockste dann schon seit sechs am Fenster?«

»Wieso bohrste mir 'n Loch in den Bauch mit deiner Fragerei?«

»Ich werd Mama sagen, daß du eklig warst zu mir.«

»Tu das.«

»Daß du das gesagt hast, sag ich ihr auch.«

»Juckt doch mich nicht.«

»Ich mach mal den Fernseher an«, sagte Sassy.

Jamal blickte auf die Uhr, die an der Wand hing. Es war fast halb elf. Er war im Begriff, Sassy zu fragen, ob sie mit ihren Hausaufgaben fertig sei, doch dann ließ er es sein und sah wieder auf die Straße hinunter.

An der Ecke lehnte ein magerer Mann am Laternenpfahl. Jamal sah zu, wie er sich immer wieder langsam vorbeugte und aufzurichten versuchte. Er wußte, daß der Süchtige diese Nickbewegung fortsetzen würde, bis er einschlief. Jamal schaute weg.

Sassy sah sich irgendein idiotisches Programm an. Fernsehen war okay, auch wenn die Programme meistens schlecht waren. Sobald er einen Job hatte, würde er eines von diesen Videogeräten kaufen. Dann konnten er und Mama Filme besorgen und die ansehen, anstelle von diesem blöden Zeug, das immer gesendet wurde.

Er malte sich aus, wie er Mama erzählen würde, daß er das Geld für einen Videorecorder zusammenhatte. Vielleicht würde er es ihr gar nicht sagen – würde einfach losziehen, ihr einen kaufen und ihn heimbringen.

Um elf schlief Sassy auf der Couch ein.

Jamal ging vom Fenster weg und setzte sich neben sie. Mama würde sagen, er solle seine Schwester aufwecken und sie ins Bett schicken, aber er hatte keine Lust, allein dazusitzen.

Irgendwo lief ein Radio. Vermutlich bei Snookie. Der drehte es immer zu laut. Jamal hatte ihn mal darauf angesprochen, aber Snookie hatte geantwortet, wofür brauche er denn ein Radio, wenn er es so leise stellen müsse, daß er es gar nicht hören könne. Bei der Lautstärke, mit der es jetzt lief, mußte es Jamals Meinung nach in der Lage sein, Tote aufzuwecken.

Jamal hatte ein bißchen Hunger. Zum Abendessen hatte er Kartoffeln und Hähnchen gemacht, aber es war nicht sonderlich viel gewesen. Ein Stück Fleisch für Sassy, eins für ihn. Seine Schwester hatte gesagt, sie wolle zwei Stücke, da sie keine Kartoffeln essen würde. Aber natürlich war ihr klar, daß das nicht ging, weil sie ja noch etwas für Mama aufheben mußten. Wenn er bei Mr. Evans vom

Laden an der Ecke heute anschreiben hätte können, dann hätte er Mama das Hähnchengericht mit Reis gekocht, das sie so gern mochte.

Es war fast Mitternacht, als Mama nach Hause kam. Jamal war gerade im Bad, als er den Schlüssel in der Tür hörte. Er beeilte sich, ins Wohnzimmer zu kommen, und sah, daß sie Sassy aufgeweckt und zu Bett gebracht hatte.

»Wieso haste denn die Sassy nicht ins Bett geschickt?« erkundigte sie sich.

»Sie wollt fernsehgucken.«

»Hat sie was gegessen?«

»Hat sie.«

»Was?«

»Das Hähnchenfleisch vom Sonntag und Kartoffeln. Wir haben dir noch was übriggelassen.«

Mama ging in die Küche und musterte das Essen auf dem Herd. Sie sah, daß Jamal die Kartoffeln in kleine Würfel geschnitten und zusammen mit Brechbohnen gekocht hatte.

»Wo hatteste denn die Brechbohnen her?«

»Aus der Plastikdose ganz hinten im Kühlschrank«, antwortete Jamal.

»Haste die Post hochgeholt?«

»Hab ich vergessen«, sagte Jamal. »Soll ich runtergehn und sie bringen?«

»Nein, ich bin sowieso zu müd, als daß ich sie lesen könnt«, sagte seine Mutter.

Sie setzte sich auf den Stuhl, schlug ein schweres Bein über das andere und machte sich daran, die Schuhe auszuziehen.

Jamal hatte es gefallen, wie Mama aussah, bevor sie sich die Haare wachsen ließ. Damals fand er, daß sie den Afrikanerinnen in den Zeitschriften ähnlich sah – stark und hübsch und ebenso tiefbraun wie er selbst.

Jetzt, wo ihr Haar herausgewachsen war und sie es nicht mehr tönte, hatte sie mehrere graue Stellen am Hinterkopf und eine direkt über der Stirn. Sie sah älter aus als früher, bevor all die Probleme mit Randy anfingen.

»Biste bis um fünf dortgeblieben?«

»Ich bin geblieben, bis die Besuchszeit rum war«, antwortete Mama. »Guck mal weg!«

Jamal drehte sich um, und seine Mutter zog sich die Strümpfe aus.

»Wie geht's denn dem Randy?«

»Weiß nicht«, sagte seine Mutter. »Meiner Meinung nach redet er immer noch so, als hätt er keinen Verstand.«

»Was hat er denn gesagt?«

»Daß er Berufung einlegen will und so, und ob ich nicht fünfhundert Dollar für ihn hätt. Aber als er sich noch auf den Straßen rumgetrieben hat, da hab ich keine fünfhundert Dollar auf 'n Bäumen wachsen sehn, und jetzt, wo er im Gefängnis hockt, seh ich erst recht keine.«

»Meint er denn, daß er's schaffen wird, da rauszukommen?«

»Ich denk mir, daß er dort nix andres zu tun hat, als drüber nachzudenken, wie er wieder rauskommen könnt«, sagte Mama. Sie beugte sich nach vorne und rieb sich den Knöchel. »Ich hoff bloß, daß meine Füß bis morgen wieder abgeschwollen sind«, fügte sie dann hinzu.

»Haste denn Arbeit?« erkundigte sich Jamal.

»Mr. Stanton hat angerufen, kurz bevor ich los bin, um 'n Randy zu besuchen. Er hat gesagt, er könnt mich diese Woche zwei Tag lang brauchen. Und vor Weihnachten würd's möglicherweise besser werden. Vielleicht kann ich ja das Geld für 'n Randy zusammenkriegen. Weiß nicht.«

»Der andre Rechtsanwalt hat gesagt, unser Randy käm nicht wieder raus«, sagte Jamal. »Nicht, bevor er sieben Jahre abgesessen hätt.«

Mama schwieg. Sie nahm einen so tiefen Atemzug, daß

es aussah, als ob sie anschwellen würde. Dann atmete sie langsam und geräuschvoll wieder aus.

Jamal tat seine Bemerkung leid, aber es stimmte. Sie hatten Randy fünfzehn bis zwanzig Jahre aufgebrummt, und der Rechtsanwalt hatte gesagt, er könne frühestens nach sieben Jahren auf Bewährung entlassen werden. Bis dahin wäre er, Jamal, zwanzig, und Sassy fünfzehn. Eine lange Zeit.

Er malte sich aus, wie es sein würde, wenn Randy entlassen wurde und er, Jamal, ihn begrüßte. Vielleicht war er ja bis dahin ebenso groß wie sein älterer Bruder. Und vielleicht hatte er sogar schon einen Schnurrbart.

2

Als Jamal am nächsten Morgen aufwachte, hörte er als erstes das Radio. Mama hatte in der Küche ihren Gospel-Sender eingestellt.

Er sah auf den Wecker, der auf dem kleinen Tisch am Ende der Liege stand. Fast sieben. Also stand er auf, rieb sich die Augen und steuerte das Bad an. Seit Randy im Gefängnis war, schlief er auf der ausziehbaren Liege im Wohnzimmer, und Sassy hatte das kleine Schlafzimmer ganz für sich allein.

Er spritzte sich Wasser ins Gesicht, dann beschloß er zu duschen. Erst als er in der Badewanne stand, fiel ihm ein, daß das heiße Wasser seit zwei Tagen abgestellt war. Er drehte den Kaltwasserhahn an, blieb darunter, bis er es nicht mehr aushielt, und hüpfte dann aus der Wanne. Manchmal, wenn es nicht allzu eisig war, schaffte er es, auch mit kaltem Wasser eine komplette Dusche zu nehmen.

Im Schränkchen über dem Waschbecken stand immer

noch Randys Kram. Als ihn Mama das erste Mal im Gefängnis besuchte, hatte sie ihm lauter neue Toilettenartikel gebracht.

Jamal goß sich ein bißchen von Randys Rasierwasser in die Hände, rieb sie energisch aneinander und fuhr sich dann damit übers Gesicht. Er mochte den Geruch.

Er trocknete sich fertig ab, dann holte er seine Kleider von dem Sessel, auf dem er sie am Abend zuvor ordentlich zusammengefaltet hatte, zog sich an und ging in die Küche.

»Morgen.« Mama stand am Herd.

»Morgen.«

»Ist die Sassy schon auf?« fragte sie.

»Eben war sie's noch nicht«, antwortete Jamal. »Ich geh sie wecken.«

»Laß sie noch 'n bißchen schlafen.«

»Die verschläft den ganzen Tag, wenn man sie läßt«, sagte Jamal.

»Eier haben wir keine.« Mama hatte Tee gemacht und stellte Jamal eine Tasse hin. Der Toast stand schon auf dem Tisch.

»Haste 'n frisches Unterhemd an?«

»Ja, Ma'am.«

Mama setzte sich ihm gegenüber und löffelte Zucker in ihren Tee. Als Sassy aus ihrem Zimmer kam, hob sie den Kopf.

»Morgen, allerseits«, sagte Sassy in einem Singsang. Sie hatte die Augen noch zu.

»Morgen, Kleines.« Mama lächelte, als sie Sassy in ihrem chinesischen Schlafanzug sah. Sassy war acht und kaffeebraun wie ihr Vater, doch sie hatte dieselben riesigen Augen wie ihre Mutter und Jamal.

»Morgen, *allerseits*«, wiederholte Sassy.

»Ich heiß nicht allerseits«, gab Jamal zurück.

»Woher weißte dann, daß du gemeint warst?« fragte Sassy auf dem Weg ins Badezimmer triumphierend.

»Hoffentlich rennste gegen die Wand«, sagte Jamal, als er sah, daß sie die Augen immer noch nicht aufgemacht hatte.

Sassy verschwand im Bad, ohne gegen die Wand zu rennen, und schloß die Tür.

»Ich glaub, die hat zwischen den Augenlidern durchgespickt«, meinte Jamal.

»Weißte, was der Randy gestern zu mir gesagt hat?« fragte Mama.

»Was denn?«

»Er hat gesagt, du sollst mit 'm Mack reden.«

»Ich hab gedacht, die lassen mich nicht rein in 'n Knast?«

»Der Mack ist letzte Woche rausgekommen«, erklärte seine Mutter.

»Oh.«

»Was weißte denn eigentlich über diesen Mack?«

»Daß er immer hier war mit 'm Randy«, antwortete Jamal.

»Hast du 'ne Ahnung, warum der Randy will, daß du dich mit ihm unterhältst?« Mamas Stimme wurde fast unmerklich lauter, und Jamal sah zu ihr auf.

»Hab ich nicht«, sagte Jamal. »Du?«

»Randy hat bloß gesagt, dieser Mack würd dich aufklären, vor wem du dich bei den Scorpions in acht nehmen sollst.« Mama rührte einen weiteren Kaffeelöffel Zucker in ihren Tee. »Jamal, du treibst dich doch nicht mit dieser Bande rum, oder?«

»Nö, tu ich nicht. Weißte doch«, gab Jamal zurück.

»Ich hab auch was dagegen, daß du dich mit diesem Mack abgibst.«

»Ich treff mich mit gar keinem von denen«, sagte Jamal.

»Willste noch 'ne Scheibe Toast?«

»Ja.«

Sassy kam aus dem Bad und schlurfte auf ihr Zimmer zu.

»Daß du mir nicht 'n ganzen Tag brauchst, bis du angezogen bist!« sagte Mama.

»Darf ich meine rosa Bluse anziehn?«

»Jaja, mach nur.«

Sassy kam zum Tisch, griff nach einer Scheibe Toast und nahm sie mit in ihr Zimmer. Daß seine Schwester trockenen Toast essen konnte, hatte Jamal noch nie begriffen.

Eine Taube mit braun-weißem Gefieder kam auf die Fensterbank zugeflogen. Jamal legte den Finger vor den Mund und machte seine Mutter mit einer Kopfbewegung auf den Vogel aufmerksam. Die Taube trippelte von einem Ende des Fensterbretts zum anderen. Jamal sah, daß auf dem Hausdach gegenüber weitere Tauben saßen. Fast regungslos hockten sie in Zweier- und Dreiergruppen im warmen Licht der Oktobersonne, wo ihre grauen Körper wie Steine wirkten.

»Der Vogel hat keinen Schimmer, daß wir hier sitzen«, sagte Jamal leise.

»Doch, hat er«, widersprach seine Mutter.

Sie klang irgendwie müde, obwohl doch der Tag gerade erst anfing.

»Meinste, ich sollt ihm 'n bißchen Toast geben?« fragte Jamal.

Bevor seine Mutter antworten konnte, landete eine zweite Taube auf dem Fensterbrett, dann plötzlich flogen beide eilig davon.

»Scheints legen die keinen Wert auf deinen Toast«, sagte Mama.

»Ich kann mir nicht vorstellen, daß dein Tee noch genießbar sein soll«, sagte Jamal grinsend, als seine Mutter zum dritten Mal Zucker hineinlöffelte.

»Also, wie willste's nu machen?« fragte seine Mutter, ohne auf seine Bemerkung einzugehen.

»Was?«

»Das mit 'm Mack. Haste vor, mit ihm zu reden?«

»Was meinst 'n du, was ich tun soll?«

»Hat sich einer von den Scorpions an dich rangemacht?«

»Nö.«

»Warum will dein Bruder dann, daß dir dieser Mack sagt, vor wem du dich in acht nehmen sollst?«

»Keine Ahnung.«

»Lügst du, Jamal Hicks?«

»Nein, Ma'am.«

Sassy kam in einem blauen Rock und der rosa Bluse aus ihrem Zimmer. Sie war gerade damit beschäftigt, sich das Haar einzuölen.

»Wieso haste denn deine gute Bluse an?« erkundigte sich Mama.

»Du hast doch grad gesagt, ich dürft sie anziehn!« Sassy blieb mit den Händen im Haar am Ende des Küchentischs stehen.

»Ich will nicht, daß du sie in die Schule anziehst, Sassy.«

»Warum haste dann gesagt, ich dürft?«

»Hab ich das? Also gut, dann laß sie halt an.«

Sassy warf ihrer Mutter einen wütenden Blick zu. Dann ging sie in ihr Zimmer zurück, um die Bluse wieder auszuziehen.

»Jamal, du weißt, daß ich mir Sorgen mach, was diesen Mack angeht«, sagte seine Mutter. »Meiner Meinung nach ist der nicht ganz richtig im Kopf.«

»Ich hab nicht vor, mit ihm rumzuhängen oder so«, sagte Jamal. Er zählte die Toastscheiben, die noch übrig waren. Drei. Zwei hatte er schon gegessen. Also stand er auf und holte sich ein Glas Wasser.

»Im Kühlschrank steht Milch«, sagte seine Mutter. »Wieso trinkste denn Wasser?«

»Weil ich Lust drauf hab, ganz einfach«, antwortete Jamal.

»Also haste nicht vor, mit 'm Mack zu reden?«

»Nö, hab ich nicht.«

»Vielleicht solltest du's doch tun, wo doch der Randy denkt, daß dir einer von denen Ärger machen könnt«, sagte Mama.

»Vielleicht.«

Jamal mochte Mack nicht. Mack war anders als die Jungen, die er sonst so kannte. Er redete so komisch, ein Wort ging ins andere über, was es schwierig machte, ihn zu verstehen. Manchmal sah es auch so aus, als gäbe es Dinge, die Mack gar nicht kapierte. Jamal hatte mal mitgekriegt, daß Randy ihn fragte, wie spät es sei. Mack hatte auf die Uhr geschaut und dann geantwortet, er wisse es nicht. Aber mehr als alles andere beunruhigten Jamal die Schlägereien, in die Mack verwickelt war. In dem Sommer, bevor Randys Probleme begannen, war Mack in der Erziehungsanstalt gelandet, weil er einem Mann, der ihm auf den Fuß getreten war, mit dem Baseballschläger den Arm brach. Davon wußte Mama allerdings nichts.

»Der Mack is mein Kumpel«, pflegte Randy zu sagen. »Wenn du in 'ne Prügelei verwickelt wirst, brauchste 'nen Kumpel, Mann.«

Mack war auch mit von der Partie gewesen, als Randy und ein anderer Typ namens Willie Pugh den Raubüberfall durchgezogen hatten. Aus dem zu schließen, was die Zeitungen meldeten, hatte Mack draußen Schmiere gestanden, während Randy und Willie im Feinkostladen ihr Ding drehten. Willie war erst vierzehn, also kam er vors Jugendgericht. Mack aber war schon fünfzehn, und Randy war mit siebzehn der Älteste. Beide wurden als Erwachsene abgeurteilt.

Als in den Zeitungen stand, der Besitzer des Feinkostladens sei umgebracht worden, redete die ganze Straße darüber. Dann fing Mack an, groß herumzutönen, er sei es gewesen. Keiner wollte ihm glauben, nicht mal die anderen Mitglieder der Scorpions, aber irgend jemand verpfiff ihn, und die Polizei kam, um ihn zu holen. Jamal hatte damals eine alte Frau sagen hören, dieser Mack hätte wirklich kein Fünkchen Verstand, vielleicht hätte er sogar einen Dachschaden.

»Wenn der so weitermacht«, hatte die dunkelhäutige, untersetzte Frau gesagt, »dann werden sie ihm diesen Mord wirklich noch anhängen.«

Vermutlich hat sie recht, hatte Jamal gedacht. Aber damals hatte er noch nicht gewußt, daß nicht nur Mack an dem Raubüberfall beteiligt gewesen war, sondern auch Randy, sein Bruder.

3

»Jamal, wart auf Sassy, damit du sie zur Schule begleiten kannst.«

»Ich werd zu spät kommen, wenn ich auf sie wart«, entgegnete Jamal.

»Sassy, schmier dir Vaseline ins Gesicht, bevor du gehst«, sagte Mama.

Sassy verschwand im Bad. Jamal sah sie vor dem Waschbecken stehen und ging zur Tür, um sie zu beobachten. Sie nahm sich Vaseline aus dem Glas, verteilte sie zwischen den Handflächen und cremte sich dann damit ein. Sie machte ein ganz verkniffenes Gesicht, während sie über ihre Backen rieb, und als sie ihren Nasenrücken bearbeitete, bekam sie ganz schmale Augen. Lächelnd drehte sie sich zu Jamal um.

»Du hältst dich wohl für niedlich, was?« fragte Jamal.

»Ich weiß bloß, was ich im Spiegel seh«, gab Sassy zur Antwort und ging an ihrem Bruder vorbei.

»Mama, die hält sich für niedlich«, verkündete Jamal.

»Ist sie auch«, gab seine Mutter zurück.

»Ist sie nicht.«

»Tito findet, daß ich niedlich bin«, sagte Sassy.

»Zu mir hat er gesagt, er fänd dich häßlich.«

»Nein, hat er nicht, weil er nämlich zu Mary gesagt hat, ich wär das niedlichste Mädchen von der dritten Klasse.«

»Dann müssen die Mädchen von der Dritten aber ganz schön häßlich sein«, war Jamals Antwort.

»Geht jetzt in die Schule.« Mama ordnete Sassys Haar. »Und daß ihr mir unterwegs keine Dummheiten macht!«

Der Tag fing schlecht an. Jamal blieb im Korridor stehen, um mit Malcolm zu reden, was dazu führte, daß er zu spät zum Unterricht kam.

Also wurde er ins Büro geschickt, wo er erst mal warten mußte, während Mr. Davidson, der Schulleiter, irgendwelchen Papierkram erledigte. Dann wurde er schließlich hereingerufen und mußte sich im Stehen eine Strafpredigt anhören.

»Wie oft bist du dieses Jahr schon zu spät gekommen?«

Jamal zuckte die Schultern.

»Sieh mich an, wenn ich mit dir rede, junger Mann!«

Jamal sah zu Mr. Davidson hoch, dann blickte er wieder zu Boden. Er wußte, daß er insgesamt viermal zu spät gekommen war. Zweimal davon war er wirklich unschuldig, denn es war in der Woche gewesen, als Randy in das andere Gefängnis, nördlich von New York, verlegt worden war.

»Ich müßte eigentlich deine Mutter in die Schule vorladen, aber vermutlich interessiert sich die ebensowenig für eine gute Ausbildung wie du.«

Jamal spürte, wie ihm die Tränen kamen. Er sah noch einmal zu Mr. Davidson hoch, und diesmal senkte er den Kopf nicht gleich wieder zu Boden.

»Beim nächsten Mal bleibst du für jede Minute, die du zu spät kommst, nach der Schule zehn Minuten länger. Kapiert?«

Jamal antwortete nicht.

»Ich hab dich gefragt, ob du das kapiert hast.«

»Hab ich.«

»Ja, Sir, heißt das«, korrigierte Mr. Davidson. »Du könntest zumindest versuchen, so zu reden, als wärst du zivilisiert.«

Als Jamal aus dem Büro des Schulleiters kam, hätte er große Lust gehabt, einfach heimzugehen. Er hatte sowieso genug von der Schule. Er tat ja nichts anderes, als dazuhocken und sich von den Lehrern anzuhören, was er alles falsch machte und was verboten war. Um zu wissen, was sie ihm erzählen würden, brauchte er gar nicht erst herzukommen.

Mrs. Rich überprüfte die Schularbeiten, als Jamal schließlich zu seiner ersten Unterrichtsstunde kam. Sie schimpfte gerade mit Brandon, weil er seit drei Tagen keine Hausaufgaben abgegeben hatte.

Jamal fragte sich, ob sie von den Schularbeiten vom Vortag sprach. Er konnte sich nämlich nicht daran erinnern, welche aufbekommen zu haben. Dabei hatte er sogar extra zu Hause nachgesehen.

»Jamal, hast du deine Hausaufgaben gemacht?«

»Sie haben uns doch gestern gar keine aufgegeben.«

Myrna Rivera kicherte.

»Ich hatte euch gebeten, die letzten Seiten im Buch durchzuarbeiten.« Mrs. Rich erhob sich. »Das stand drei Tage lang an der Tafel.«

»Gestern stand es nicht da«, widersprach Jamal.

»Doch, morgens«, sagte Christine.

»Vergiß es, Jamal.«

Mrs. Rich ging zu ihrem Tisch zurück. »Ich bin sicher, daß dir die achte Klasse so gut gefällt, daß du sie wiederholen willst. Vielleicht gelingt es dir ja, deine Hausaufgaben bis nächstes Jahr um diese Zeit zumindest teilweise zu erledigen.«

Jamal sagte nichts. Mrs. Rich war eigentlich gar nicht so übel, aber sie hackte laufend auf ihm herum. Sie war der Meinung, er könnte ein besserer Schüler sein, wenn er sich wirklich Mühe geben würde.

Lesen war okay. Der Sozialkundeunterricht war ebenfalls okay. Zumindest belästigte Mr. Hunter keinen.

Als Jamal zum Mittagessen nach Hause kam, war Sassy schon da.

Sie kam gern vor ihm heim, damit sie die Wohnungstür aufschließen konnte.

»Mama ist bei der Arbeit«, verkündete sie.

»Woher weißte denn das?«

»Das Telefon hat gebimmelt, als ich reinkam«, sagte Sassy.

»Kommt sie wieder spät heut abend?«

»Nein, sie arbeitet nicht für Mr. Stanton. Sie hat irgend 'nen Tagesjob. Du sollst Eier und Brot besorgen, hat sie gesagt, dann könnten wir uns Eierbrote zum Mittagessen machen oder Frankfurter Würstchen«, erklärte Sassy. »Aber auf Eier hab ich keine Lust.«

»Hat sie gesagt, ich soll zu Evans in den Laden gehn?«

»Ja, hat sie.«

»Mach ich nicht.«

»Mama hat gesagt, ich soll dir sagen, daß du hingehn sollst«, beharrte Sassy.

»Mach ich nicht.«

»Werd ich der Mama sagen.«

»Deshalb geh ich trotzdem nicht.«

»Was essen wir dann?«

»Ich war gestern bei Evans und wollt Reis holen, und da hat er mich vor allen andern blöd angequakt.«

»Was hat er 'n gesagt?«

»Er wär doch nicht vom Sozialamt.«

»Ich hab sowieso keinen Hunger«, sagte Sassy.

»Diesmal besorg ich mir in den Sommerferien 'nen Job«, erklärte Jamal. »Und von dem, was ich verdien, werd ich keinen einzigen Cent in diesem schmierigen Laden ausgeben.«

»Ich werd mir auch 'nen Job besorgen.«

»Kannste nicht«, sagte Jamal. »Dafür mußte erwachsen sein.«

»Bist du genausowenig wie ich.«

»Haste Lust auf 'n Damespiel?«

»Du willst wohl verlieren, was?«

Jamal kam rechtzeitig zur Schule zurück, und er ging extra an Mr. Davidson vorbei, um seine Pünktlichkeit zu demonstrieren. Aber der Schulleiter sagte kein einziges Wort. Das war das Problem. Wenn man etwas falsch machte, dann rissen sie alle das Maul auf. Und wenn man etwas richtig machte, dann taten sie so, als wäre das gar nichts Besonderes.

Grammatik war sein Lieblingsfach. Nicht, daß er wirklich etwas für Grammatik übriggehabt hätte, aber Miss Brown war ziemlich in Ordnung.

Sie sprachen über Substantive und Pronomen, und Mark Vibos verwechselte sie wieder, so wie immer. Als die Stunde schon fast vorüber war, bat Miss Brown Jamal und Sandra, nach der Schule noch ein Weilchen dazubleiben, um das Bühnenbild für das Theaterstück der Achten aufbauen zu helfen.

»Wir müssen noch die Bäume für den Hintergrund malen«, sagte sie. »Und dann habe ich mir überlegt, daß wir vielleicht sogar versuchen könnten, eine Parkbank im Szenenbild unterzubringen. Von den anderen Klassen helfen auch jeweils zwei Schüler mit. Ihr könnt heimgehen, wann immer ihr genug habt.«

»Alles klar. Ich werd dableiben«, sagte Jamal.

Sandra sagte, sie könne ebenfalls helfen.

»Gut.« Miss Brown lächelte. Sie war die hübscheste Lehrerin von der ganzen Schule, sogar dann, wenn sie nicht lächelte. »Es gibt auch noch einiges andere zu tun.«

Wenn es irgend etwas gab, das Jamal gerne tat, dann war es Zeichnen. Vielleicht würde er sich von seiner Mutter zu Weihnachten richtige Aquarellfarben wünschen, nicht diese billigen Wasserfarben. Und einen ordentlichen Malpinsel. Er kam zwar mit den Pinseln zurecht, die in seinem billigen Wasserfarbkasten waren, aber was er eigentlich wollte, war ein richtiger Künstlerpinsel. Vielleicht sogar zwei, einen großen flachen und einen kleinen spitzen.

Die Premiere des Stückes sollte erst in drei Tagen stattfinden. Wenn bis dahin nichts schiefging, würde er seine Mutter dazu einladen. Allerdings würde er sich vorher erkundigen müssen, wer von den Lehrern unter den Zuschauern war, um zu verhindern, daß sich Mr. Davidson oder sonstwer auf sie stürzte. Er würde auch versuchen, sich bis dahin hervorragend zu benehmen und jeden Tag die Schularbeiten zu erledigen. Dann würde er Mama zu dem Theaterstück mitbringen, damit sie die Bäume und alles andere sah, was er gemalt hatte. Er hatte nur noch eine Unterrichtsstunde, und zwar bei Mrs. Mitchell, seiner Klassenlehrerin.

Er sah auf die Uhr an der Wand. Es war zwei Minuten nach zwei.

»He, Jamal, was sind 'n das für Turnschuh, in denen du da anschlappst?« Sie waren gerade in den Raum gekommen, wo die Ausbildungsberatungsstunde stattfinden sollte, als Dwayne wieder anfing, ihn zu ärgern.

»Sei so gut und halt die Klappe«, sagte Jamal. In einer Dreiviertelstunde war Schulschluß, und er hatte keine Lust, sich den Quatsch anzuhören, den Dwayne von sich gab.

»Hab dir lediglich ’ne Frage gestellt«, sagte Dwayne und warf einen Blick in Billy Wares Richtung. »Nun sag schon, was sind ’n das für Turnschuh?«

»Geht dich nix an«, antwortete Jamal.

»Die Dinger sehn aus, als wärn sie aus ’m Billigladen.«

»Dasselbe gilt für dein Gesicht«, gab Jamal zurück.

»He, Billy, ich glaub, seine Treter stammen von der Heilsarmee.«

Billy kicherte und musterte Jamals Schuhe.

»Ich hab sie bei Bradley’s gekauft«, sagte Jamal.

»Mir scheint, sie stammen aus der Mülltonne, die hinter Bradley’s steht«, mutmaßte Dwayne. »Von dort haste vermutlich auch dein lumpiges Hemd.«

»Wenn ich dir gleich eins überzieh, dann wird’s dich nich mehr interessieren, wo die Turnschuh herstammen«, sagte Jamal.

»Dafür fehlt dir der Mumm, du Flasche.« Dwayne hatte einen kleinen Kopf und Augen, die immer so aussahen, als wären sie nur halb geöffnet.

»Du kannst’s wohl kaum erwarten, bis du die Fresse poliert kriegst, was?« fragte Jamal.

»Du siehst aus wie ’n Frosch«, höhnte Dwayne. »Falls du dich mal fühlen solltest wie ’n Frosch, brauchste nur ’nen Satz in meine Richtung machen. Dann kannste was erleben.«

Dwayne ließ den Blick schweifen, um zu sehen, ob er Zuschauer hatte. Als er sah, daß Billy Ware sie beobachtete, grinste er.

Dwayne brachte Jamal immer dazu, daß er sich innerlich ganz klein fühlte. Selbst als der ältere Junge sich schließlich abwandte, konnte Jamal noch sein Grinsen spüren.

Es gab eine Menge Dinge und viele Menschen, die ihn dazu brachten, sich so zu fühlen, klein und schwach. Neulich war da dieser Typ im Möbelladen, der seine Mutter angebrüllt hatte. Aber es gab auch Lehrer, die ihn im Unterricht aufstehen ließen, weil er etwas nicht wußte oder seine Schularbeiten nicht gemacht hatte. Am schlimmsten war es, wenn sich größere Jungen über ihn lustig machten, weil es nichts gab, was er hätte tun können, um sie davon abzuhalten. Jedenfalls nicht, solange er allein, kleiner und schwächer war als sie.

4

Jamal ignorierte Dwayne bis zum Ende des Unterrichts. Was gar nicht so einfach war, vor allem dann nicht, als einige der Mädchen zu kichern begannen. Nachdem die Stunde endlich vorbei war, holte er seine Jacke und ging. Um Dwayne würde er sich ein anderes Mal kümmern.

Im Lauf des Sommers wurde in der Aula eine schöne neue Bühne gebaut. Sie hatte eine Schräge, und man konnte jeden sehen, der sich darauf tummelte, egal, wo man saß.

Miss Brown ordnete an, daß alle ihre Helfer in der ersten Reihe Platz nehmen sollten. Sie bat Jamal, ihr zur Hand zu gehen und die Farben und das ganze andere Material hereinzutragen.

Als alles herbeigeschafft war, ging Miss Brown hinter die Bühne und zog den Vorhang auf.

Auf der hinteren Stellwand waren schon die Bäume skizziert. Sie mußten nur noch angemalt werden. Miss Brown deutete auf eine große, weiße Fläche und sagte, das wäre möglicherweise ein guter Platz für die Parkbank.

»Sandra und Evelyn Torres – ihr malt die Bäume an. Tara und Colin – ihr übernehmt die Parkbank. Jamal – du machst sämtliche Fenster ein Stück weit auf, um hier durchzulüften. Dann kannst du heimgehen.«

Jamal tat, was man ihm aufgetragen hatte. Er war nicht sonderlich glücklich dabei, aber er tat es. Anschließend sah er zu, wie die anderen die Parkbank zeichneten und die Bäume ausmalten. Er war nicht sicher, ob er es besser gekonnt hätte, aber er hätte es gern versucht.

Als er heimkam, war Sassy gerade dabei, aus Kool-Aid-Pulver und Wasser ein Brausegetränk anzurühren.

»Was krieg ich, wenn ich dir was von meinem Kool-Aid abgeb?« fragte sie.

»Hat Mama das Kool-Aid besorgt?«

»Nö, ich hab's gekauft«, antwortete Sassy.

»Wenn es nämlich Mama besorgt hat, dann kann ich davon trinken, soviel ich will.«

»Ich hab dir doch gesagt, daß ich's gekauft hab«, sagte Sassy.

»Und wo hatteste das Geld her?«

»Geht dich nix an.«

»Oh, Mann, Kool-Aid schmeckt wirklich super«, meldete Sassy. Sie hatte sich etwas in eine Tasse gegossen und leckte sich genießerisch die Lippen.

»Ich find, das Zeug sieht aus wie Pfützenwasser«, sagte Jamal. »Trinkste gern Pfützenwasser?«

»Schmeckt derart doll, daß ich gleich ausflipp«, fuhr Sassy fort und ignorierte seine Bemerkung.

»Laß mich probieren, damit ich seh, ob das Zeug wirklich so gut ist.«

»Was gibste mir, wenn du was abkriegst?«

»Ich will sowieso nix davon«, gab Jamal zurück.

»Grad eben haste doch gesagt, du willst was davon probieren, damit du siehst, ob's wirklich so gut schmeckt.«

»Heb lieber was für Mama auf.«

»Sie hat sechs Päckchen gekauft, also ist noch massenhaft da.«

»Hab ich doch gleich gesagt, daß sie's besorgt hat!« Jamal lachte.

»Sie hat sechs Päckchen gekauft, aber dann hat sie alle wieder an sich genommen und hat mir fünfzehn Cent gegeben. Also hab ich mir damit ein Päckchen Kool-Aid gekauft. Ganz für mich allein.«

»Sobald ich wieder Geld hab, kriegste fünfundzwanzig Cent«, versprach Jamal. »Gib mir jetzt was.«

»Einen Dollar.«

»Okay, einen Dollar.«

»Zwei.«

»Willste dich an mir bereichern, oder wie seh ich das?«

Sassy goß ein großes Glas Kool-Aid ein und stellte es vor Jamal auf den Tisch. Aber sie ließ es nicht los, um es eventuell schnell wieder wegziehen zu können.

»Zwei Dollar«, sagte Jamal.

»Damit schuldeste mir insgesamt siebzehn«, sagte Sassy.

»Was ist mit Mama? Geht's ihr gut?«

»Müd ist sie.«

»Sag ihr, daß ich zum Tito bin.«

»Wart lieber, bis sie aufwacht.«

Vermutlich hatte seine Schwester recht. Er ging zum Kühlschrank. Als er ihn aufmachte, sah er, daß Mama eine Menge Lebensmittel eingekauft hatte.

Dann ging er ins Wohnzimmer und machte sich an seine Schularbeiten.

Mit dem Rechnen kam er ganz gut zurecht, wenn es um normale Zahlen ging. Doch sobald Brüche, Dezimalzahlen und derartiger Kram auftauchten, hatte er Probleme. Nicht, daß ihm das Rechnen ganz allgemein schwerfiel, so wie manchen anderen. Nein, es lag einfach daran, daß er sich nicht alle Regeln merken konnte.

Außerdem hatte Mrs. Rich eine Vorliebe für negative

Zahlen. Er hatte keine Ahnung, wieso es so was geben mußte.

Zuerst hatte er gedacht, es sei so ähnlich wie Subtrahieren, aber das war es nicht. Ihm war einfach nicht klar, wieso jemand Zahlen unter Null benutzte, wo es das in Wirklichkeit doch gar nicht gab.

Mama war für ihren Tagesjob gleich bezahlt worden und hatte im Supermarkt eingekauft. Sie kochte Spaghetti mit Fleischklößchen, eines von Jamals Lieblingsgerichten.

Nach dem Abendessen fing Jamal an, das Geschirr abzuwaschen. Er war an der Reihe. So hatten sie es geregelt. Einen Tag erledigte Mama den Abwasch, am nächsten Sassy, und dann kam Jamal dran.

»Ich wasch für dich ab«, sagte Sassy.

»Was meinst 'n du dazu, Mama?«

»Wenn sie Lust hat, dann laß sie nur.«

Sassy erledigte gern den Abwasch, weil dann Mama das Abtrocknen übernahm und sie sich währenddessen wie zwei erwachsene Frauen unterhielten.

»Kann ich noch 'n bißchen rausgehn?«

Mama sah erst hoch zur Uhr und dann zu Jamal.

»Kommste auch rechtzeitig wieder heim? Oder muß ich dann nachher losziehn und dich suchen wie 'nen Gassenstrolch?«

»Ich komm rechtzeitig heim«, versprach Jamal.

Jamal nahm sich einen Notizblock und ging zu seiner Lieblingsbank in den Park. Auf der Wiese fand gerade ein Basketballspiel statt, dem er ein Weilchen zuschaute. Zwei alte Männer saßen vor einer Hütte und spielten Karten. Einer von ihnen war der ehemalige Besitzer des Ladens, der jetzt Mr. Evans gehörte. Er war okay gewesen, überlegte sich Jamal. Er hatte nie Schwierigkeiten gemacht, wenn man mal kein Geld hatte. Und sobald die Leute ihren Lohn bekamen, gingen sie hin und bezahlten ihre Schulden. Alle mochten ihn. Mr. Evans aber mochte keiner. Die älteren Leute der Nachbarschaft gingen deshalb meistens zu dem spanischen Gemischtwarenladen auf der Manhattan Avenue.

Jamal begann Bäume zu zeichnen, um zu sehen, ob er es wirklich konnte. Nicht schlecht. Es gefiel ihm, wie sie aussahen. Einer wurde besonders gut, und er bedauerte, daß er keinen Skizzenblock dafür benutzt hatte, sondern nur blauliniertes billiges Papier besaß. Er blätterte in seinem Notizblock bis ganz nach hinten, wo seine Wunschliste stand. Dann schrieb er *Skizzenblock* unter *Lederjacke.*

Am nächsten Tag erkundigte sich Miss Brown bei Jamal und Sandra wieder, ob sie Lust hätten, noch ein Weilchen zu bleiben, um in der Aula weiterzumachen. Jamal holte seinen Notizblock hervor, um ihr seinen besten Baum zu zeigen.

»Ich kann Bäume zeichnen«, sagte er.

»Nicht schlecht«, erwiderte Miss Brown. »Wenn wir mal wieder welche brauchen, werde ich dich bitten mitzuhelfen.«

Sie lächelte. Dann ging sie weg.

Tito, Jamals bester Freund, wartete schon an der Ecke. Er saß im Schneidersitz auf einem dunkelblauen Briefkasten. Tito gefiel vielen von den Mädchen. Er hatte dunkles Haar und braune Augen, die fast zu groß schienen. Was den Mädchen aber am meisten gefiel, das waren seine langen Wimpern. Tito ging es auf die Nerven, und er hätte seine Wimpern am liebsten abgeschnitten, aber er mußte seiner Großmutter versprechen, es nicht zu tun.

»Wie geht's, wie steht's, Mann?« sagte er zur Begrüßung.

»Nicht schlecht.«

»Wieso haste denn keinen Mantel an?« erkundigte sich Tito und hüpfte vom Briefkasten herunter.

»Weiß nicht. Mein Pulli ist eh schon warm genug.«

»Willste meine Jacke?« Tito hatte seine Schulbücher in einem Beutel aus Segeltuch verstaut, den er lässig auf die andere Schulter wechselte.

»Wieso soll ich 'n deine Jacke anziehn?« fragte Jamal, während sie über die Straße gingen.

Tito zog dem Mädchen, das dort Schülerlotse spielte, eine Grimasse, was es ihm mit gleicher Münze heimzahlte.

»Du kannst mir ja im Austausch deinen Pulli geben«, sagte Tito.

»Laufend haste mein Zeug an.« Jamal lächelte. »Ein ulkiger Typ bist du.«

»So machen's Brüder«, sagte Tito und war schon dabei, aus seiner Jacke zu schlüpfen.

Jamal legte die Bücher weg, zog den Pulli aus und reichte ihn Tito. Für eine Jacke war es sowieso zu warm.

Gleich nachdem sie sich kennengelernt hatten, fing Tito damit an, sich Jamals Klamotten auszuleihen. Dabei brauchte das Zeug nicht mal sonderlich schön zu sein. Bis in ein oder zwei Jahren würde er größer sein als Tito, überlegte sich Jamal, aber im Augenblick waren sie fast gleich groß.

»He, Tito, haste fünfzehn Cent für mich?«

Celia Rodriguez stand vor einem Drugstore.

»Nö, hab ich nicht.«

»Du, Jamal?«

»Krieg ich 'nen Kuß, wenn ich dir fünfzehn Cent geb?«

»Für fünfzehn Cent kannste fünfzehn Küsse kriegen«, antwortete Celia.

»Ein Jammer, daß ich blank bin.« Jamal zuckte die Achseln.

»Du bist ganz einfach geizig, Jamal Hicks.« Celia winkte Jamal zu und verschwand im Drugstore.

»Die mag dich, Jamal. Da bin ich sicher«, sagte Tito. »Jedesmal, wenn sie dich anguckt, lächelt sie.«

»Sie ist mir zu groß. Alle Mädchen von der Achten sind mir zu groß.«

»Kommste mit zu mir?«

»Ich muß erst mal nachsehn, was die Sassy so treibt.«

»Okay.« Tito blieb stehen und deutete über die Straße, wo ein Feuerwehrmann stand und einen großen Löschwagen aus der Einfahrt dirigierte. Die beiden sahen zu, wie das Fahrzeug vorsichtig auf die Mitte der Straße fuhr, dort drehte und dann mit aufheulender Sirene stadtaufwärts davonraste.

»Falscher Alarm, da möcht ich wetten«, sagte Tito.

»Stimmt's, daß du meiner Schwester gesagt hast, sie wär niedlich?« erkundigte sich Jamal.

»Nö. Hat sie das behauptet?«

»Wußt ich's doch«, sagte Jamal. »Sie behauptet unentwegt, irgendwer hätt sie niedlich oder gescheit genannt.«

Jamal läutete zweimal, bevor er durch die offene Haustür ging. Dann sah er im Briefkasten nach, wo er zwei Umschläge vorfand, die so aussahen, als enthielten sie Rechnungen. Außerdem war wie üblich Reklame gekommen und ein offiziell wirkendes Schreiben von irgendwem.

Bis er die Post durchgesehen hatte, war Tito schon im ersten Stock angelangt, und Jamal mußte rennen, um ihn einzuholen.

Oben trommelte Jamal mit beiden Fäusten gegen die mit Blechstücken ausgebesserte Wohnungstür.

»Wer ist da?« erklang Sassys Stimme.

»Ich.«

Sassy öffnete, und die beiden Jungs betraten die kleine Wohnung.

»Ist die Mama zu Haus?«

»Nö. Sie hat angerufen und gesagt, daß sie heut für Mr. Stanton arbeiten tut. Und daß du mein Zimmer putzen sollst.«

»Du lügst wie gedruckt.«

»Wie geht's dir denn, Tito?« erkundigte sich Sassy.

»Okay. Wieso haste dem Jamal erzählt, ich hätt gesagt, du wärst niedlich?«

»Findste denn nicht, daß ich niedlich bin?«

»Du bist okay«, sagte Tito.

»Ich hab dich nicht gefragt, ob ich okay bin«, protestierte Sassy. »Ich wollt wissen, ob du mich niedlich findst.«

»Sag ihr, daß sie häßlich ist«, sagte Jamal. Er steckte zwei Scheiben Brot in den Toaster, öffnete den Kühlschrank und suchte nach dem süßen Brotaufstrich.

»Hör mal her, Tito.« Sassy hatte sich direkt vor Tito aufgebaut.

»Du bist doch katholisch, stimmt's?«

»Was hat 'n das damit zu tun?« Jamal stellte das Gelee auf den Tisch.

»Mit dir red ich nicht«, sagte Sassy zu ihrem Bruder und stemmte eine Hand in die Hüfte. »So, Tito. Biste nu katholisch oder nicht?«

»Was hat 'n das damit zu tun?« fragte auch Tito.

»Sieh dich vor, Mann«, sagte Jamal. »Sie wird dich drankriegen.«

»Schämste dich, weil du katholisch bist?« erkundigte sich Sassy und schob sich noch näher an Tito heran.

»Nö, tu ich nicht. Ja, ich bin katholisch«, sagte Tito und sah sich nach Jamal um.

»Und wenn man katholisch ist, dann darf man nicht lügen, hab ich recht?«

»Du bist häßlich, und das ist die Wahrheit«, sagte Jamal.

Er setzte sich in Sassys Blickrichtung, um zu sehen, was sie jetzt tun würde.

»Wenn man katholisch ist, darf man nicht lügen, hab ich recht?« wiederholte sie.

»Stimmt.« Tito warf Jamal einen hilfesuchenden Blick zu.

Der Toast war fertig, und Jamal ging ihn holen.

»Also, dann sag mir die Wahrheit, Tito.« Jetzt wurde Sassys Stimme ganz leise. »Bin ich niedlich, oder bin ich's nicht?«

»Du bist okay«, murmelte Tito.

»Warum wirste denn so verlegen?«

Jamal drehte sich um und sah, daß sein Freund tatsächlich rot geworden war.

Er ging zu Tito, zauste ihm durchs Haar und drückte seinen Kopf ein wenig hinunter.

»Sag bloß nicht, daß sie niedlich ist«, befahl Jamal. »Wenn du's nicht sagst, dann kriegste beide Scheiben Toast.«

»Man sieht's ihm an der Nasenspitze an, daß er mich niedlich find«, sagte Sassy. Sie legte ihren Kopf auf den Tisch und blickte Tito direkt in die Augen. »Stimmt's, Tito Cruz?«

»Wenn du ihr sagst, daß du sie niedlich findst, dann mußte sie heiraten«, sagte Jamal. »Noch haste Zeit, dich aus 'm Staub zu machen.« Er rannte zur Tür und riß sie auf.

Tito sah hoch, schnappte sich seine Bücher und sauste aus der Wohnung hinaus.

»Jamal, wann kommste wieder heim?« rief Sassy hinter ihrem Bruder her.

»Um sechs«, antwortete Jamal. »Ich mach drüben beim Tito meine Hausaufgaben.«

»Ich rat dir nur, daß du daheim bist, wenn Mama anruft«, sagte Sassy.

»Halt 'n Mund und schließ die Tür ab, blöde Zicke.«

»Du hättst ihr sagen sollen, sie sei häßlich«, sagte Jamal. »Obwohl das auch nix ausgemacht hätt, weil sie's nämlich sowieso nicht glaubt.«

Sie gingen in Richtung 125. Straße und aßen unterwegs ihren Toast.

»Kommste morgen abend bei uns essen, falls meine Mutter nicht zur Arbeit muß?« fragte er Tito.

»Ja, mach ich. Was gibt's denn?«

»Woher soll 'n ich das wissen?«

»Ist ja auch egal, solang's bloß kein Fisch ist«, sagte Tito.

»Wann mußte denn daheim sein?«

»Irgendwann«, sagte Tito grinsend. »Abuela* hat gesagt, man müßt mir mehr Verantwortung geben. Also kann ich länger bleiben, bloß nicht grad ewig.«

»Hat dein Dad mal wieder geschrieben?«

»Nö. Der hat zuviel zu tun. Abuela sagt, es wär auch nicht so wichtig, weil ja von ihr erwartet wird, daß sie für mich sorgt. Sie sagt, in Puerto Rico wär's allgemein üblich, daß man die Großmutter so behandelt, als wär sie in Wirklichkeit die Mutter. Sie sagt, dort wär die Familie wichtiger als wie hier.«

»Weißte eigentlich, daß du Mäusezähnchen hast?« erkundigte sich Jamal. »Mach mal den Mund auf.«

Sie blieben vor einem Geschäft stehen, in dem gebrauchte Möbel verkauft wurden, und Tito öffnete den Mund, damit Jamal seine Zähne begutachten konnte.

»Sehn gar nicht übel aus, bloß sind die vorderen wirklich irgendwie klein«, sagte Jamal.

»Laß mich mal deine sehn.«

Jamal machte ebenfalls den Mund auf.

»Ich glaub, daß deine auch nicht größer sind. Nur die beiden ganz vorn«, meldete Tito.

»Hör her, ich müßt mal rüber zur 126. Straße, um mit

* Spanisch für Großmutter

'nem Typ namens Mack zu reden«, sagte Jamal plötzlich. »Kommste mit?«

»Jetzt?«

»Ja.«

»Okay. Wer ist 'n dieser Mack?«

»Er gehört zu der Bande, bei der mein Bruder war.« Jamal sah die Straße hinunter und entdeckte ein Pärchen, das sich vor einem unbebauten Grundstück stritt.

»Wieso willste denn mit dem reden?«

»Meine Mutter hat 'n Randy besucht, und der hat gesagt, ich müßt mich mal mit diesem Mack unterhalten.«

»Sie war also dort?«

»Ja, war sie.«

»Du auch?«

»Nö, dazu muß man vierzehn sein, vielleicht sogar noch älter. Außerdem hab ich keine Lust, ihn im Knast zu sehn.«

Drei streunende Hunde überquerten die Straße und näherten sich einer korpulenten Frau, die auf den Bus wartete, der downtown* fuhr.

»Pschsch!« zischte die Frau und stampfte mit dem Fuß auf.

Zwei der Tiere rannten schnell davon, doch der dritte Hund wich nicht von der Stelle und begann zu knurren.

»Drohn Sie dem Köter doch mal mit einer von Ihren dicken Hinterbacken!« rief ihr ein Mann zu, der auf einer kleinen Veranda saß. »Mich würd das zu Tod erschrekken.«

Die Frau warf dem Mann einen bösen Blick zu, der ihn verstummen ließ, und wandte sich dann wieder dem Hund zu. Der begann erneut zu knurren, doch als er sah, daß seine Kumpels schon bei der Reinigung angelangt waren, trollte er sich.

* in Richtung Innenstadt

»Hat Randy eigentlich vor, Berufung einzulegen?« erkundigte sich Tito. »Ich hab meinem Cousin erzählt, daß dein Bruder sitzt, und er hat gesagt, da könnt man doch Berufung einlegen.«

»Wieso mußteste das deinem Cousin erzählen?« Jamal blieb stehen und sah seinen Freund an.

»Weil . . . keine Ahnung«, meinte Tito.

»Immer mußte dein Maul aufreißen, Mann!«

»Tut mir leid.«

»Haste's der Abuela auch erzählt?«

»Nö.«

»Doch, hast du.«

»Nein, hab ich nicht.«

»Wenn sie 'n einziges Wörtchen darüber verlauten läßt, daß mein Bruder im Bau hockt, dann verdrück ich mich, und dann ist's aus mit unsrer Freundschaft«, sagte Jamal. Er drehte ein bißchen den Kopf und warf seinem Freund aus den Augenwinkeln einen Blick zu, damit dieser wußte, daß es ihm Ernst war mit dem, was er sagte.

»Ach komm«, sagte Tito. »Sei doch nicht so.«

»Gehste jetzt mit, diesen Mack suchen?«

»Ja doch.«

Jamal machte kehrt und ging auf die 126. Straße zu. Tito folgte in einigem Abstand, ohne den Versuch zu machen, seinen Freund einzuholen.

Vor einem Friseurladen stand eine Gruppe älterer Männer. Sie brachen ihre laute Unterhaltung ab, um einen jungen Schwarzen zu beobachten, der mit einem Gettoblaster* des Weges kam.

»Das Ding da wiegt vermutlich mehr als er selbst.« Der Mann, der das sagte, wirkte ausgezehrt und hatte hohe, breite Schultern. Die Ärmel seines Mantels waren viel zu kurz.

* tragbarer Stereorecorder

»Kümmer du dich lieber um deinen eigenen Dreck, sonst zieh ich dir eins über!« rief ihm der junge Kerl zu.

»Komm du nur her!« Der Alte legte die Hand auf seine Gesäßtasche, als ob er eine Waffe ziehen wollte. Der Jugendliche warf ihm einen finsteren Blick zu und ging langsam weiter. Tito lief schneller, bis er Jamal eingeholt hatte.

Das Gebäude, in dem Mack gewöhnlich herumhing, war fast ganz mit Brettern vernagelt. Nur ein einziges Fenster war zugänglich, und davor war eine große, auf Pappe aufgedruckte Zigarettenreklame angebracht. Über der Eingangstür hing ein Schild. In fast unleserlichen Druckbuchstaben hatte jemand »Video-Spiele« auf ein Stück Holz geschrieben. Von der Straße aus wirkte das Innere des Gebäudes ziemlich düster.

Jamal war mit Randy schon mal hier gewesen. Er wußte, daß im hinteren Teil des Gebäudes Crack* hergestellt wurde.

Vorne, in dem verlassenen Ladenraum, saßen zwei Typen vor einem Fernseher und sahen sich Comics an. Jamal stieß Tito an und deutete mit einer Kopfbewegung auf den einen der beiden jungen Kerle.

Dieser trug einen Piepser an der Jacke, was vermutlich bedeutete, daß der Typ ein »Lieferant« war. Damit hatte sich Randy auch Geld verdient. Als Crack-Lieferant war schnell ein kleines Vermögen zu machen. Das wichtigste dabei war nur, daß man selbst von dem Zeug Abstand halten mußte.

In der einen Ecke des kleinen Ladens, in dem früher mal Lebensmittel verkauft worden waren, standen zwei Vi-

* mit Backpulver und Wasser vermengtes und zu Klümpchen verbackenes Kokain, das meist durch eine Art Wasserpfeife geraucht wird.

deo-Spielkästen. Einige uralte Gemüsekonserven waren unregelmäßig auf den verstaubten Regalen verteilt. Jamal warf Tito einen Blick zu. Sein Freund machte ziemlich große Augen, aber er war mit dabei. So war Tito. Manchmal wurde er nervös, aber er ließ einen nicht im Stich.

»Was habt denn ihr beiden hier verloren?« knurrte ein stämmiger Mann, der sich über den Ladentisch beugte.

»Ich such 'n Mack«, sagte Jamal.

»Mack? Und wie weiter?«

»Den Mack von 'n Scorpions«, erklärte Jamal.

»Ist nicht da«, kam die barsche Antwort.

»Wo steckt er?«

»Bin ich sein Vater oder wie oder was?«

»Hab ich ja auch nicht behauptet.«

»Halt bloß dein freches Mundwerk und verdrück dich!«

Jamal warf dem Mann, der nicht mehr der Jüngste war, einen wütenden Blick zu. Dann machte er langsam kehrt und ging hinaus.

»Haste Lust, mit mir 'ne Weile hier zu warten, falls der Mack noch auftaucht?« erkundigte er sich bei Tito.

»Weiß nicht«, sagte Tito. »Wieviel Uhr ist es denn?«

»Geh du nur. Macht mir nix aus.«

»Nein, ich bleib da.«

Sie warteten am Straßenrand. Jamal lehnte sich an einen silbergrauen Mercedes, Tito setzte sich daneben auf den Randstein.

Eigentlich hatte Jamal keine Lust, mit diesem Mack zu reden.

Von Mack war nichts Gutes zu erwarten, da hatte seine Mutter ganz recht. Er war der Zweitälteste bei den Scorpions, bloß benahm er sich absolut nicht so. Er wirkte eher wie ein Drittkläßler. Was nicht so sehr daran lag, was er tat, sondern eher daran, wie er redete. Jamal hatte keinen Schimmer, wieso Randy ihn mochte.

Kurz bevor die Geschworenen nach ihrer Urteilsfindung wieder in den Gerichtssaal gekommen waren und auch alle anderen hereingerufen wurden, hatte Randy draußen im Flur mit Jamal gesprochen. Er hatte ihm alles mögliche aufgetragen, von wegen er sei jetzt das Familienoberhaupt und müsse sich um die Geschäfte kümmern, falls seine Verhandlung schlecht ausginge.

»Aber die werden mir nix anhängen können, wirklich nicht«, hatte er gesagt.

Jamal erinnerte sich gut daran, wie Mama den Kopf abgewandt hatte und ihr dabei die Tränen übers Gesicht gelaufen waren. Als man Mama wieder in den Gerichtssaal rief, mußte der Rechtsanwalt sie stützen.

Zu diesem Zeitpunkt wußte Randy bereits, daß die Sache für ihn schlecht ausgehen würde. Denn es war ja bekannt, daß er bei dem Raubüberfall dabeigewesen war und den Mann umgebracht hatte. Ausgesagt hatte er allerdings, Willie sei es gewesen. Er und Willie hätten das Feinkostgeschäft nur betreten, um was zu kaufen, und dann wäre Willie plötzlich durchgedreht, hätte seine Schußwaffe gezogen und aus der ganzen Sache einen Raubüberfall gemacht.

Mack hatte Randys Version vor Gericht bestätigt.

Willie hatte ausgesagt, er sei überhaupt nicht dabeigewesen.

Jamal war empört über Randy, wirklich empört. Vor allem wegen Mama. Wenn sie abends von der Gerichtsverhandlung heimkam, saß sie oft nur da, schaukelte in ihrem Stuhl still vor und zurück, und manchmal weinte sie. Sie betete auch viel, bloß nutzte es nichts. Manchmal wurde Jamal auch wütend auf Gott, aber Mama sagte, das dürfe er nicht.

»'s war nicht der liebe Gott, wo einen erschossen hat«, sagte sie dann.

Als die Mehrheit der Geschworenen Randy für schuldig erklärte, brach Mama laut weinend zusammen.

Jamal hatte zu Randy hinübergesehen. Er wirkte ganz gelassen, was Jamal furchtbar gegen ihn aufbrachte. Man konnte doch nicht so gelassen aussehen, wenn man die eigene Mutter so außer sich gebracht hatte.

»Was meinste, wie lang's noch dauern wird, bis dieser Mack auftaucht?« fragte Tito, nachdem sie schon eine ganze Weile schweigend vor dem Laden saßen.

»Ich hab dir doch gesagt, daß du abzischen kannst, wenn du willst«, sagte Jamal kurz und ging wieder hinüber zu dem Mercedes.

Auch Tito erhob sich und lehnte sich neben seinen Freund gegen das Auto.

»Ich geh doch gar nicht«, sagte Tito. »Ich hab mir doch bloß überlegt, wie lang's noch dauern könnt.«

Ein kleiner, gedrungener Mann mit kantigem Schädel, grauem Anzug und rosa Hemd war gerade im Begriff, im Laden zu verschwinden. Doch dann blieb er stehen und kam zu Jamal und Tito herüber.

»Könnt ihr mir mal verraten, wie ihr auf die Idee kommt, euch an mein Auto zu lehnen?«

Jamal ließ seinen Blick über den Mercedes wandern, dann löste er sich davon. Tito wollte sich ebenfalls aufrichten, doch da gab ihm der Mann einen Stoß, daß er fast hingefallen wäre.

»Was soll 'n das?« erkundigte sich Jamal.

Jamal ließ den Mann einen Moment lang aus den Augen, als er auch schon die große Hand auf sich zukommen sah und die Ohrfeige auf seiner Backe spürte.

»Wenn ich euch noch mal dabei erwische, daß ihr meinem Auto zu nahe kommt, schlag ich euch grün und blau! Kapiert?«

Jamal sah sich nach etwas um, womit er dem Mann eine überziehen konnte. Einer der jungen Kerle kam aus dem Laden heraus und baute sich neben dem Mercedes-Besitzer auf.

Tito war um das Auto herumgegangen, und auch Jamal wich zurück.

Er hatte Blutgeschmack im Mund.

»Warum laßt ihr's zu, daß diese Würstchen da an meinem Auto rumfummeln?« keifte der kleine Mann und wandte sich dem Halbwüchsigen zu.

Der große, magere Kerl machte rasch ein paar Schritte rückwärts. Er warf Tito und Jamal einen wütenden Blick zu, dann folgte er dem kleinen Mann in den Laden.

Jamal sah sich nach etwas Greifbarem um, das er nach dem Mercedes schmeißen konnte.

»Hey, Jamal! Was 'n hier los?«

Als Jamal den Kopf hob, sah er Mack in der schwarzgoldenen Jacke der Scorpions auf sich zukommen.

5

Mack wollte zum Marcus Garvey Park hinüberlaufen, aber Tito weigerte sich, und auch Jamal war dagegen. Also gingen sie statt dessen zur 116. Straße runter und setzten sich auf eine Parkbank.

»Wann biste rausgekommen?« erkundigte sich Jamal.

»Letzte Woche«, antwortete Mack. »'n Typ, den ich kenn, den ham sie von Spofford nach Green Haven verlegt, und dem hab ich gesagt, er soll 'm Randy Bescheid geben, daß ich raus bin.«

»Randy hat mir erzählt, du hättst 'n verpfiffen«, sagte Jamal.

»Das is 'ne Lüge, Mann«, widersprach Mack und schüttelte den Kopf. »Der Randy und ich, wir warn immer dicke. Willie war's, wo 'n verpfiffen hat. Den Willie, den ham sie nämlich mit Stoff geschnappt. Also wollt er sich lieb Kind machen, indem er ’n Randy und mich verpfeift. Als sie mich gekriegt ham, da hab ich ihnen gesteckt, wie’s in Wirklichkeit war. Der Willie war’s, wo rumgeballert hat. Er hat sich an dem Tag ’n Kopf zugeknallt. Randy hat ’m vorher befohlen, er soll mal die Finger vonnen Drogen lassen, aber er hat sich trotzdem was reingetan.«

»Wieso haben sie dich laufenlassen, wenn du meinen Bruder nicht verpfiffen hast?«

»Ham sie gemacht, weil ich ihnen gesteckt hab, daß der Randy und der Willie wirklich drin warn in dem Feinkostladen. Aber der Randy is deswegen nich sauer auf mich, weil sie das ja schon vonner Kundin wußten. Aber glaub mir, ich hab ihnen gesteckt, daß es nur der Willie war, wo rumgeballert hat.« Tito saß auf der Rückenlehne der Bank und hatte den Kopf in den Nacken gelegt.

»Erzählen kannste mir viel.« Jamal sah zum Spielplatz rüber und beobachtete zwei kleine Mädchen, die dort lachend auf den Schaukeln saßen.

»Was ich da sag, is die reine Wahrheit.«

»Randy hat mir ausrichten lassen, ich sollt mich mit dir unterhalten.«

»Ja, weil sein Rechtsanwalt mich nämlich antelefoniert hat, daß er für zweitausend Piepen Berufung einlegen könnt«, erklärte Mack. »Bloß hab ich nich so viel Kohle, das weißte ja, Mann. Wenn ich sie hätt, dann würd ich sie dem Typen doch rüberschieben.«

»Zweitausend?« Jamal fiel ein, daß seine Mutter von fünfhundert gesprochen hatte.

»Wer is ’n das da?« erkundigte sich Mack und blickte mißtrauisch auf Tito.

»Das ist der Tito, mein Kumpel. Der wohnt bei mir um die Ecke.«

Ein roter Bus hielt an der Haltestelle vor dem Park, und eine massige Frau stieg aus. Als sie auf den Bürgersteig heruntertrat, konnte Jamal sehen, daß sie so krumme Beine hatte, daß ihre Knöchel fast den Boden berührten.

»Randy meint, die Scorpions könnten die Kohle dafür geben. Allerdings wär'n se dann aus 'm Geschäft, wenn se so was für dein Bruder tun«, sagte Mack.

»Wieso?«

»Weil die doch gar kein Wert drauf legen, daß er aus 'm Knast kommt, weil er nämlich zu alt is. Sie wolln keinen, wo schon siebzehn is oder so. Euch junge Bürschchen kann keiner zu kriegen, daß ihr 'ne Aussage macht oder so. Der Randy, der is zu alt. Wenn der hochgeht, muß er 'nen andren verpfeifen.«

»Ich hab nix mit 'n Scorpions zu tun«, sagte Jamal. »Ich hab nix am Hut mit irgend 'ner Bande.«

»Wenn du denen ihr King wirst, dann kannste locker die Kohlen für die Berufung ranschaffen«, sagte Mack. »Randy hat mir gesagt, du müßtest 'n vertreten, falls er eingebuchtet wird.«

»Ich soll King werden von den Scorpions?«

»Ja. Randy sagt, die Scorpions könnten für die Spanier drüben auf der 96. Straße Stoff ausliefern. Da wär was bei zu verdienen, kein Problem.«

Jamal sah zu Tito hinüber. Tito blickte ihn zweifelnd an und sah dann weg.

»Die akzeptieren mich doch nie als ihren Leader!« sagte Jamal.

»Doch, würden sie. Wenn ich hinter dir steh, dann bleibt ihnen nix andres übrig, weil ich nämlich Mack der Große bin«, sagte Mack. »Der Oberkrieger, immer noch. Mit Mack dem Großen legen die sich nich an. Du gehst hin und verkünd'st, daß du dem Randy sein Platz einnimmst. Dann sag ich, daß ich hinter dir steh, und schon is die Sache geritzt.«

»Du bist doch dem Randy sein Kumpel – warum übernimmst 'n *du* nicht die Scorpions und schaffst die Kohle ran?« fragte Jamal.

»Das isses nich, was der Randy wollt«, sagte Mack.

»Ich bin doch erst dreizehn, Mann.«

»Mit dem Ding da, was ich dir besorgt hab, wirste auf ein Schlag einundzwanzig«, sagte Mack. »Damit biste so heiß, da wird jeder weiß. Macht 'n Gebimmel, das führt schnurstracks innen Himmel.«

Jamal beobachtete, wie ein blinder Mann mit seinem Hund die St. Nicholas Avenue überquerte. Das Tier sah aus, als mache es ihm Spaß, sein Herrchen herumzuführen.

»Muß ich mir erst mal überlegen«, sagte Jamal.

»Der Randy sagt, den Mumm hättste.«

»Ja, genau wie er. Was ihm der eingebracht hat, kannste ja sehn.«

»Ich steh voll hinter dir, also gibt's null Probleme. Wir sin dicke, wir zwei beide, genau wie ich's vorher mit deim Bruder war.«

»Jaja. Biste morgen wieder hier in der Gegend?«

»Morgen muß ich zu meim Bewährungshelfer. Aber tags drauf bin ich wieder da.«

»Okay.« Jamal stand auf. »Bis dann also. Wieviel braucht er für die Berufung, haste gesagt?«

»Fünfhundert . . . zweitausend«, sagte Mack.

»Was 'n jetzt? Fünfhundert oder zweitausend?«

»Ja.«

»Ja, was?«

»Soll ich das Dingens schon mal mitbringen, wenn ich übermorgen herkomm?«

»Nö, wart erst mal ab«, sagte Jamal. »So, wir müssen jetzt verduften, der Tito und ich. Bis übermorgen, selbe Zeit, selber Ort?«

»Ja, bis dann.«

Jamal setzte sich in Bewegung. Tito folgte. Der Wind wurde stärker. Fetzen einer Kentucky-Fried-Chicken-Tüte flogen durch die Luft und blieben an Jamals Beinen hängen. Die Luft war staubig. Schweigend liefen sie die Eighth Avenue runter, bis sie auf die 123. Straße stießen.

Vor der Einfahrt, die zu dem grauen Mietshaus führte, in dem Tito wohnte, blieb Jamal plötzlich stehen.

»Wie fühlste dich?« erkundigte sich Tito und blickte besorgt auf seinen Freund.

»Okay.«

»Guck bloß nicht so traurig, ja?« Tito zog Jamals Kragen zurecht. »Wenn Abuela sieht, daß du mies drauf bist, dann fängt sie an dich auszufragen und gibt keine Ruh mehr.«

»Alles klar.«

»Er hat von 'ner Pistole gesprochen, stimmt's?« fragte Tito. »Als er gesagt hat, er hätt was für dich, da hat er 'ne Pistole gemeint, oder?«

Jamal zuckte die Achseln.

»Jamal, der Typ gefällt mir nicht. Der benimmt sich, als wär er auf Crack.«

»Der ist immer so«, sagte Jamal. »Der Mack gibt sich nie normal. Deshalb wollt ihn meine Mutter ja auch nicht im Haus haben.«

»Wieso hat 'n dann dein Bruder gemocht?«

»Weil er auch bescheuert ist.«

»He, versuch so zu gucken, als wär alles in Butter, okay?« befahl Tito, als der Fahrstuhl kam.

Aus dem Lift trat ein dunkelhaariges spanisches Mädchen, das einen großen Hund dabeihatte, der sofort wie wild anfing zu bellen.

Jamal machte vor Schreck einen Satz rückwärts, und der Hund drängte sich an ihnen vorbei.

»So 'n blöder Köter!« rief Tito dem Mädchen zu.

Auf dem Weg nach oben fragte Tito seinen Freund, was er jetzt vorhätte, aber Jamal zuckte nur wieder die Achseln. Er wußte es nicht.

Abuela sagte, sie müßten was essen. Sie wärmte Nudeln und Hähnchenfleisch auf und bot heiße Brotfladen an, die sie auf der Herdplatte gebacken hatte. Nach der Mahlzeit gingen die beiden Freunde ins Wohnzimmer und machten sich an ihre Schularbeiten. Tito hatte seine Comics unter einem der Sofakissen versteckt, die sie sich ansahen, nachdem sie einen Teil der Hausaufgaben erledigt hatten.

»Du kannst unmöglich Bandenchef von 'n Scorpions werden«, sagte Tito. »Da sind Kerle bei, die sind schon vierzehn oder fünfzehn. Außerdem sind es knallharte Typen. Die lassen sich doch von so 'nem Bürschchen wie dir nichts befehlen.«

»Weiß nicht. Meine Mutter sagte was davon, daß sie sich zusätzliche Arbeit suchen wollt, um das Geld für die Berufung zusammenzukriegen.«

»Zweitausend Dollar?«

»Sie hat nur von fünfhundert geredet.«

»Wenn wir im Supermarkt Tüten und Kartons schleppen, können wir pro Tag vielleicht fünf oder sieben Dollar verdienen.« Tito schrieb eine Fünf und eine Sieben an den Rand von einem seiner Comichefte. »Wenn du sieben verdienst und ich fünf, dann ergibt das zwölf. Wärn also zwölf Dollar jeden Tag. Wieviel Tage müßten wir arbeiten, um auf fünfhundert zu kommen?«

»Meinste, wir sollten auch samstags und sonntags hin?«

»Ja.«

»Das wären dann fünfhundert geteilt durch zwölf. Geht nicht auf.«

»Woher willste denn das wissen?«

»Ich glaub nicht, daß es aufgeht, weil fünfhundert 'ne Null hinten hat und zwölf 'ne Zwei.«

Jamal begann zu rechnen und kam auf einundvierzig Tage.

Abuela tauchte mit kleinen Suppenschalen auf, in denen Kekse waren. Sie wollte von Jamal wissen, ob er Gitarre spielen könne, was er verneinte.

Abuela hatte dieselbe Hautfarbe wie Tito, und ihre Augen waren ebenso schwarz. Trotzdem unterschieden sie sich von denen ihres Enkels. Abuelas Augen wirkten alt, und ihre Lider waren faltig. Sie schien immer wohlgelaunt zu sein, aber sie lächelte nie. Jamal kam es fast so vor, als hätte die alte Frau tausend Dinge zu tun und als reiche nie die Zeit, um alles zu erledigen. Jamal nahm ein Suppenschälchen und bedankte sich.

»Einundvierzig Tage, das geht eigentlich noch«, sagte Tito, als seine Großmutter wieder verschwunden war.

»In Wirklichkeit ist's ein bißchen mehr, aber so ungefähr kommt's hin. Ja, sollten wir machen«, sagte Jamal. »Die brauchen sowieso 'ne Ewigkeit für alles. Randy hat mit siebzehn seinen Raubüberfall gedreht, und bis es dann zur Verhandlung kam, war er schon achtzehn.«

»Ja, ich glaub, wir gehn besser arbeiten, bevor du dich mit 'n Scorpions einläßt«, sagte Tito.

»Erst mal muß ich klären, wieviel's überhaupt kostet, Berufung einzulegen.«

»Woher willste denn das erfahren?«

»Vom Rechtsanwalt. Den mußt ich schon mal anrufen, ganz am Anfang, weil wir keinen Schimmer hatten, wie man zum Gerichtsgebäude kommt.«

»An 'n Wochenenden könnten wir mehr verdienen, dann hätten wir's noch schneller zusammen«, sagte Tito. »Und vielleicht haben wir mal Glück und tragen 'ne wirklich schwere Tüte für 'ne reiche Dame, und die sagt dann: ›Da! Hier sind hundert Dollar für jeden von euch.‹«

»Nein! Vielleicht sagt sie, ihr Mann wär Rechtsanwalt und würd für uns Berufung einlegen, wenn wir dafür auf alle Zeiten ihre Einkäufe schleppen.«

»Ja, könnt durchaus passieren«, sagte Tito.

»Ja, aber weißte auch, wo das passieren könnt? In

einem der großen Supermärkte downtown, wo die Weißen einkaufen.«

Abuela kam wieder herein und brachte ihnen zwei Gläser mit Milch. Sie nannte Tito »Tito Gordito«, was soviel wie »Kleiner fetter Tito« heißt, und ging wieder in die Küche zurück.

»Sollen wir jetzt unsre Schularbeiten zu Ende machen?«

»Nö.«

»Siehste, deshalb hab ich sie nie«, sagte Jamal. »Weil du nie Lust hast.«

»Hast 'n du welche?«

»Du warst's, der als erster keinen Bock drauf hatte«, antwortete Jamal.

»Okay, ich werd der Lehrerin erzählen – falls sie mich danach fragt, meistens fragt sie mich nämlich nicht danach –, daß mich 'n bekloppter Straßenräuber angefallen und sie mir geklaut hat.«

»Was will denn 'n Straßenräuber mit deinen Hausaufgaben anfangen?« erkundigte sich Jamal. »Wär ja total unsinnig.«

»Deshalb hab ich doch gesagt, er wär bekloppt.« Beide lachten.

»Ich muß jetzt gehn«, sagte Jamal. »Aber deine Oma hat recht. Du wirst so fett wie 'n Mädchen.«

»So fett bin ich auch wieder nicht.«

»Doch, langsam wirste's wirklich.«

»Ich find, daß du die Finger von dieser Pistole lassen solltest, Mann«, sagte Tito. »Ich werd ganz nervös, wenn ich dran denk.«

»Wie soll ich mir denn ohne so 'n Ding bei 'n Scorpions Respekt verschaffen?«

»Keine Ahnung«, sagte Tito. »Dein Bruder hat seinen Ballermann benutzt und einen damit umgelegt. Vielleicht werden sie von dir das gleiche erwarten.«

»Rat mal, wen ich gestern zufällig getroffen hab?«

»Wen denn?«

»Den Mack.«

»Wo?« Jamals Mutter legte das Geschirrtuch weg und drehte sich zu ihm um.

»Drüben in der Nähe von der St. Nicholas Avenue.«

»Was hatteste denn da verloren?«

»Bin rumspaziert dort, sonst gar nix.«

»Rumspaziert? Daß ich nicht lache! Du denkst wohl, ich wär von vorgestern?«

»Nein, Ma'am.«

»Ich will nicht, daß du mit diesem Kerl was zu tun hast. Verstanden, Jamal Hicks?«

»Ja, Ma'am.«

»Ich will noch nicht mal, daß in diesem Haus sein Name erwähnt wird. Wenn sich unser Randy nicht mit diesem Spatzenhirn eingelassen hätt – du weißt doch, daß der nicht ganz richtig ist im Kopf, oder weißte das nicht?«

»Doch, normal scheint der nicht zu sein.«

»Wieso tuste dich dann mit dem zusammen?«

»Ich hab dir doch eben erklärt, daß ich 'n nur rein zufällig getroffen hab.«

»Dein ›hab ich dir doch eben erklärt‹ kannste dir sparen, du vorlautes Bürschchen.«

Sassy kam aus ihrem Zimmer und setzte sich an den Tisch.

»Was gibt's, Sassy?«

»Du hast gesagt, wir sollten keine Geheimnisse in der Familie haben, Mama.«

»Gut, du kannst bleiben, aber daß du mir den Mund hältst!«

»Ich hab sowieso nicht vor, was zu sagen«, sagte Sassy. »Der Jamal kann mit allen möglichen Ganoven rumhängen, ist doch mir egal.«

»Sassy, geh in dein Zimmer!«

»Mama, ich hab doch bloß gesagt –«

»Mädchen, wenn ich erst mal meinen Schuh auszieh, dann wirste dir wünschen, dein Hinterteil wär schon längst da drin verschwunden!«

Sassy warf Jamal einen Blick zu und verschwand.

Jamals Mutter widmete sich wieder dem Essen. Sie hatte fast eine Stunde damit zugebracht, die Senfblätter zu waschen, die Scheibe Räucherspeck kleinzuschneiden und das billige Schweinefleisch in Essig und Wasser zu kochen.

Jamal kam nicht mehr auf Mack zu sprechen. Er hatte vor, seine Mutter nach der Visitenkarte des Rechtsanwalts zu fragen, damit er anrufen und sich erkundigen konnte, wieviel es kosten würde, Berufung einzulegen. Randy hatte sich geweigert, mit dem Pflichtverteidiger vorliebzunehmen. Deshalb hatte der Anwalt für die ursprüngliche Verteidigung vor Gericht schon fast siebenhundert Dollar verlangt.

Irgendwo im Haus tönte aus einem Radio Gospel-Musik.

»Im Radio laufen gerade Gospel-Songs«, sagte Jamal. »Soll ich sie für dich einstellen?«

Seine Mutter sah zu ihm her und wandte sich wieder ihren Essensvorbereitungen zu. Dann ging sie zum Radio, schaltete es ein und suchte den Sender. Nach einem Weilchen fand sie ihn, hörte kurz hin, machte einen Schritt von dem Lederimitat-Radio weg, stellte es aber dann schnell wieder ab.

»Was hat er denn gesagt, der Mack?« wollte sie wissen.

»Nicht viel.«

»Eins will ich dir sagen, Junge: diese Sache schneidet mir ins Herz wie 'n Messer. Also sei so gut und mach keine Spielchen mit mir, weil ich's nämlich einfach nicht vertragen kann. Der Herr ist mein Zeuge – ich hab's nicht verdient, daß man Spielchen mit mir macht.«

»Mack hat erzählt, der Rechtsanwalt hätt 'n angerufen, um ihm zu sagen, daß er Geld bräucht, damit er Berufung einlegen könnt. Bloß hat er von zweitausend Dollar gesprochen.«

»Kommt mir komisch vor, daß der Rechtsanwalt ausgerechnet diesen Kerl angerufen haben soll.«

»Jedenfalls hat's der Mack behauptet.«

»Von zweitausend Dollar war die Rede?«

»Ich dacht mir, ich ruf den Rechtsanwalt selber mal an und frag.«

Seine Mutter begann vor sich hin zu summen. Jamal wußte, daß sie immer dann vor sich hin summte, wenn sie angestrengt nachdachte.

»Mich würd interessieren, warum Randy was von fünfhundert Dollar sagt, und dieser Rechtsanwalt spricht von zweitausend«, sagte Jamal.

»Heut sind's fünfhundert, morgen sind's tausend, und übermorgen zweitausend«, sagte seine Mutter seufzend. »Sie wissen, daß man diese Kinder liebt und daß man für sie alles tut, was man nur kann. Was hat er denn sonst noch gesagt, der Mack?«

»Nix.«

»Jamal!«

»Wieso sollt ich mich denn mit dem unterhalten wollen?«

»Sei so gut und merk dir, daß dieser Bursche keine Erziehung hat und für keine zwei Cents was taugt. Und das ist, was Gott liebt, nämlich die reine Wahrheit.«

»Willste jetzt den Rechtsanwalt anrufen?«

»Ich hab mir gedacht, ich frag vielleicht Mr. Stanton, ob er mir das Geld pumpen will«, sagte Mama.

Jamal wandte sich ab. Als seine Mutter letztes Mal Geld bei Mr. Stanton geborgt hatte, um den Rechtsanwalt zu bezahlen und um Randy einen neuen Anzug zu kaufen, damit er bei der Verhandlung ordentlich aussah, hatte sie fast ein halbes Jahr kostenlos für ihn arbeiten müssen, um die Schulden zurückzuzahlen.

»Ich könnt mir für nachmittags ’nen Job besorgen«, schlug Jamal vor.

»Wenn du den Rechtsanwalt anrufen willst, dann tu’s«, sagte Mama.

»Wo haste denn seine Visitenkarte hin?«

Seine Mutter ging zu ihrer Kommode und holte sie. Jamal warf einen Blick darauf und begann zu wählen. Als er damit fertig war, nahm ihm seine Mutter den Hörer aus der Hand. Sie klopfte mit dem Fuß auf den Boden und summte vor sich hin, während sie wartete, daß am anderen Ende der Leitung jemand abhob.

»Könnte ich bitte Mr. Addison sprechen?« fragte sie dann. »Es geht um den Fall Randy Hicks.«

»Hallo? Mr. Addison? Hier spricht Mrs. Hicks. Ich rufe wegen meinem Sohn Randy an.«

Sie nickte, während sie der Stimme am anderen Ende zuhörte.

Hinter ihr stellte Sassy den Teekessel auf.

»Nein, seine Verhandlung war schon«, sagte sie. »Er hat fünfzehn bis zwanzig Jahre gekriegt. Ein Schwarzer, groß . . .«

Mama hörte wieder zu.

»Man hat ihm zur Last gelegt, daß er ’nen Mann erschossen hat.« Ihre Stimme wurde leiser, dann verstummte sie wieder.

»Genau. Genau. Das ist er. Er hat mir erzählt, Sie hätten gesagt, für fünfhundert Dollar könnten Sie Berufung einlegen, und . . .«

Mama deutete, Sassy solle ihr etwas zum Schreiben bringen. Sassy holte ihr einen Kugelschreiber und ein Blatt Papier, das sie aus ihrem Schulheft gerissen hatte.

»Ich verstehe . . . ich verstehe . . . und das Geld sollen wir Ihnen bringen?«

Sie nickte wieder, dann hängte sie ein.

»Was hat er gesagt?« Jamal musterte seine Mutter prüfend.

»Er sagt, er könnt Berufung einlegen, bloß wüßt er nicht, ob er damit durchkäm. Es würd um die zweitausend kosten, aber für fünfhundert könnt er die Sache schon mal in Angriff nehmen.«

»Ich hab gedacht, der Randy könnt 'nen kostenlosen Anwalt kriegen?« warf Sassy ein.

»Mr. Addison hat gesagt, das könnt unser Randy ruhig machen, wenn er wollt, aber es hat sich nicht so angehört, als hätt er dann große Hoffnung. Und wie kann ich zu diesem Mr. Addison nein sagen, wenn er der Meinung ist, er könnt meinen Sohn freikrieg'n?«

»Zweitausend Dollar, das ist 'ne Menge Geld«, sagte Sassy.

»Die Rechtsanwälte müssen schließlich auch was verdienen«, sagte Mama.

»Was haste nu vor?« erkundigte sich Jamal.

»Ich muß versuchen, das Geld zusammenzukriegen«, antwortete seine Mutter. Ihre Augen glänzten, als wolle sie gleich weinen. »Jamal, würd's dir was ausmachen, für dich und die Sassy 'n paar Hamburger zu braten?«

»Das Ganze ist zuviel für dich, Mama«, sagte Sassy. Jamal hatte noch nie erlebt, daß seiner Schwester so schnell die Tränen kamen. »Es ist zuviel für dich.«

»Vor langer Zeit« – Mama sah weit in die Ferne – »da ging ich mit dem Randy auf 'm Arm in die Stadt. Ich mußt an 'ner Ampel warten, als diese Frau, 'ne Weiße, stehenblieb und ihn anguckte. Ich hab sie auch angeguckt, und sie hat gelächelt, und da hab ich zurückgelächelt, und das war das schönste Gefühl auf der ganzen Welt. Man hat 'n Baby, und man erhofft sich so viel für das kleine Ding . . .«

»Ich werd jetzt die Hamburger braten«, sagte Jamal.

Mama ging ins Schlafzimmer, und Jamal hörte, wie die Sprungfedern des Bettes unter ihrem Gewicht quietschten. Das war der Endeffekt dieser Sache mit Randy – sie wurde müde davon, wollte sich nur noch hinlegen und schlafen.

»Ich hoff, daß der Randy bald wieder rauskommt«, sagte Sassy.

»Und ich hoff, daß er für immer drin bleibt«, gab Jamal zurück.

»Sag ich der Mama.«

»Nein, das darfste nicht tun«, sagte Jamal.

»Doch.«

»Wenn du das tust, dann hau ich dir eine runter.«

»Das sag ich ihr auch«, meldete Sassy. »Mama!«

»Na los«, sagte Jamal. »Mach, daß es ihr noch schlechter geht. Ist dir ja egal.«

»Was willste denn, Sassy?« erklang die Stimme ihrer Mutter aus dem anderen Zimmer.

»Gar nix will sie«, sagte Jamal und drohte Sassy mit dem Finger.

»Von dir laß ich mir nix verbieten!« Sassys Stimme wurde lauter. Jamal hörte wieder die Sprungfedern, als sich Mama erhob.

»Könnt ihr nicht mal zwei Minuten lang miteinander verbringen, ohne Streit zu kriegen?« Mama stand in der Tür. Ohne Schuhe war sie kaum größer als Jamal.

»Der Jamal hat gesagt, er hofft, daß der Randy für immer drin bleibt.«

»Jamal! Wie kannste denn so was über die Lippen bringen, Junge?« Seiner Mutter versagte die Stimme, und ihr Gesicht verspannte sich so, daß Jamal ihre Zähne sah. »Wie kannste denn so was über die Lippen bringen, Junge?«

Tränen liefen ihr übers Gesicht, und Jamal sah weg. »Tut mir leid«, sagte er.

»Lieber Herrgott«, schluchzte sie. »Lieber Herrgott, was ist bloß aus unsrer Familie geworden?«

Jamal hob den Kopf, als Mama wieder im Schlafzimmer verschwand.

»Jetzt biste ganz schön klein, was?« erkundigte sich Sassy.

Jamal sah zu ihr hoch. »Zumindest war's *ich* nicht, der dafür gesorgt hat, daß die Mama weint.«

Er ging ins Bad und schloß die Tür.

Es stimmte. Er hatte keine Lust, seinen Bruder jemals wiederzusehen, denn er brachte Mama immer zum Weinen. Immer gab es nur Probleme mit ihm. Und dabei war Randy nicht mal klar, wie es Mama zumute war. Oder vielleicht war es ihm einfach egal. Er hatte schon vorher Ärger mit der Polizei gehabt, und Mama hatte von der Arbeit wegbleiben und aufs Gericht gehen müssen.

Und was hatte Randy gesagt, als er wieder heimkam? Irgendeinen blöden Quatsch, von wegen er sei schlauer als die Bullen. Und als Randy in New Jersey in der Erziehungsanstalt gelandet war, hatte sie die ganze Nacht geweint. Außerdem hatte sie sich da auch schon Geld borgen müssen, um ihn dort wieder rauszuholen.

Jamal nahm Toilettenpapier und wischte sich die Tränen vom Gesicht.

Aber das, was Randy diesmal angerichtet hatte, war schlimmer als alles andere. Und sobald er wieder herauskam, würde er sicher im gleichen Stil weitermachen, davon war Jamal fest überzeugt.

»Jamal?« Das war Sassy.

»Verdrück dich.«

»Ich muß mal.«

Jamal überlegte sich, ob er seine Schwester einfach ignorieren sollte, aber dann würde sie vermutlich Mama wieder stören, also öffnete er die Tür.

Sassy hatte sich davor aufgebaut. »Tut mir leid«, meinte sie.

»Ach, halt die Klappe!«

»Du bist derjenige, der –«

Jamal brachte seine Schwester mit einem Blick zum Schweigen. Sie verschwand im Bad und machte die Tür hinter sich zu.

Jamal wusch sich die Hände und ging zum Kühlschrank. Neben der Milch waren ordentlich drei Hamburger aufgetürmt. Er sah hinüber zur Schlafzimmertür. Seine Mutter würde vermutlich nichts essen wollen. Also holte er einen einzigen Hamburger für Sassy heraus, denn auch er hatte keinen Hunger.

6

»Wetten, daß ich vor dir unten im ersten Stock bin?« Oswaldo Vazquez stand oben auf der Treppe, Jamal war schon auf dem Weg nach unten. Er wußte, was Ozzie vorhatte. Er würde zwei riesige Sätze machen, einen bis auf den Treppenabsatz, einen zweiten bis hinunter in den ersten Stock, während Jamal die restlichen Stufen hinunterrannte.

»Wetten, daß nicht?« rief Jamal.

Beide sprangen gleichzeitig ab. Jamal verlor ein bißchen das Gleichgewicht, kam aber zur gleichen Zeit wie Ozzie auf dem Treppenabsatz an. Ein zweiter Sprung, und beide landeten gemeinsam vor Mr. Davidsons Füßen . . .

Über Mrs. O'Connells Schreibtisch im Büro hing ein Bild von George Washington, über dem von Mrs. Rose hing eines von Martin Luther King. Jamal und Ozzie verbrachten den ganzen Vormittag im Vorzimmer des Schulleiters.

Jamal sah sich die Bilder an und fragte sich, warum das von George Washington unvollendet war.

Um elf Uhr rief Mr. Davidson die beiden in sein Büro.

»Oswaldo, deine Schulakte ist mehr oder weniger in Ordnung.« Mr. Davidson hatte einen Ordner in der Hand. »Wieso gibst du dich mit einem Bürschchen wie diesem Hicks ab?«

Ozzie zuckte die Achseln und sah auf seine Schuhe hinunter.

»Ich will dir zwei Warnungen erteilen, Oswaldo. Erstens: Wenn ich im Verlauf dieses Schulhalbjahres weitere Klagen über dich höre, vor allem, was das Herumtoben auf den Gängen betrifft, dann kriegst du eine Menge Ärger. Verstanden?«

»Ja, Sir.« Oswaldos Stimme war leise.

»Zweitens: Wenn du dir als deine Freunde weiterhin Bürschchen wie diesen Jamal Hicks aussuchst, wirst du Ärger kriegen, ob du nun willst oder nicht. Verstanden?«

»Ja, Sir.«

»Du kannst gehen.«

Oswaldo stand rasch auf und ging hinaus, ohne Jamal anzuschauen.

»Dir erteile ich keine Warnungen, weil ich nicht glaube, daß sie etwas nützen werden«, sagte Mr. Davidson zu Jamal. »Du kannst dich also weiterhin aufführen, wie es dir beliebt. Früher oder später wirst du etwas anstellen, was es mir erlaubt, dich aus der Schule zu werfen. Das weißt du, und ich weiß es auch. Geh jetzt in deine Klasse.«

Als Jamal dort ankam, wurden gerade die Schularbeiten eingesammelt, und er gab auch seine ab. Dann begannen sie darüber zu reden, wie sich die Regierung der Vereinigten Staaten zusammensetzte. Nachdem Tamia Davis den Obersten Gerichtshof und den Kongreß genannt hatte, wurde Jamal gefragt, ob er das dritte Staatsorgan nennen könne.

»Die Exekutive«, sagte Jamal.

Dwayne krümmte sich vor Lachen. »Der Präsident, du Blödmann!« rief er.

»Jamal hat recht. Das dritte Staatsorgan ist die Exekutive, an deren Spitze der Präsident steht«, sagte der Lehrer.

Jamal warf Dwayne einen Blick zu, doch der bog sich

immer noch vor Lachen. Obwohl der Lehrer bestätigte, daß er, Jamal, recht hatte, führte sich Dwayne so auf, als hätte er was Blödes gesagt.

Auch im Verlauf des weiteren Unterrichts sah Dwayne immer wieder nach hinten zu Jamal und lachte, bis er schließlich auch Billy ansteckte. Wenn man mit einem derartigen Idioten wie diesem Dwayne fertig werden wollte, konnte man ihn nur verprügeln, überlegte sich Jamal. Dwayne gab sich immer knallhart, und er war der Meinung, Jamal habe Angst vor ihm, aber dem war nicht so. Jamal hatte vor keinem Angst.

Jamal wartete an der Ecke, bis Tito auftauchte. Wieder hatte er eines von Jamals Hemden an.

»Kannste mir mal erklären, wieso du mein Hemd in der Schule anhast?« fragte Jamal.

»Es ist nicht deins«, antwortete Tito. »Das war's mal, aber jetzt ist es meins, weil ich's nämlich öfters anhab als du.«

»Was daran liegt, daß du mir's nicht wieder zurückgibst«, sagte Jamal, während sie die Straße entlanggingen.

»Mußte gleich heim?« erkundigte sich Tito.

»Nö.«

»Dann laß uns zu den Booten runtergehn.«

»Die ganze Strecke? Bis zur 79. Straße?«

»Ja.«

»Okay.«

Jamal und Tito brauchten fast eine Stunde bis hinunter zu dem Hafenbecken, wo die Boote lagen, doch das war es wert. Es war Mitte Oktober, und bald würden dort kaum mehr welche liegen, aber jetzt waren noch einige da.

Tito begann zu husten. Jamal haßte es, wenn sein Freund so hustete. Es schien, als habe er etwas in der Brust, das ihn anschwellen ließ und das er herauszubekommen versuchte. Wenn Tito richtig fest hustete, dann rollten ihm die Augen im Kopf und wurden feucht von der Anstrengung. Jamal legte ihm den Arm um die Schultern.

Diesmal dauerte der Hustenanfall nicht so lange, und bald darauf gingen sie auf dem Weg, der an der Anlegestelle entlangführte, und suchten sich Boote aus, so wie immer.

»Siehste das da drüben?« Tito deutete auf ein kleines Boot, das schwarze und goldene Verzierungen hatte.

»Was ist 'n damit?«

»So wird mein erstes Boot aussehn«, sagte Tito. »Genau dasselbe besorg ich mir. Und später, wenn ich wirklich reich bin, dann kauf ich mir das große da drüben.«

»Und was machste dann mit dem kleinen?« Jamal beugte sich übers Geländer.

»Vielleicht schenk ich's meiner Frau oder so«, gab Tito zur Antwort.

»Angenommen, du bist nicht verheiratet?«

»Dann geb ich's vielleicht 'nem armen Jungen.«

»Ich besorg mir gleich von Anfang an ein großes«, sagte Jamal.

»Dafür mußte aber erst mal was zusammensparen.«

»Nimm mal an, es gibt Krieg oder so, und sie fangen an, Bomben zu schmeißen und alles. Was meinste wohl, was sie zuerst bombardieren?«

»Nicht die Boote, Mann. Auf gar keinen Fall.«

»Doch, werden sie. Sie werden alles bombardieren, was den Reichen gehört.«

»Vielleicht haste ja recht.«

Auf einem der Boote kam ein Mann in blauem Jackett und weißer Segelmütze an Deck. Tito stieß Jamal an, dann winkten sie ihm zu.

Der Mann winkte zurück. Die beiden beobachteten ihn eine Weile, wie er auf dem Boot umherging und Dinge überprüfte und dann schließlich an Land ging.

»Komm, wir gehn ihn fragen, wieviel sein Boot gekostet hat«, schlug Tito vor.

»Wird er uns nicht verraten.«

»Du traust dich wohl nicht?«

Jamal warf Tito einen Blick zu und stieß sich von dem Geländer ab, an dem sie lehnten. Tito machte keinen Versuch, ihn einzuholen. Jamal wußte, daß Tito nicht gern mit Fremden redete. Er selbst hatte da keine Probleme.

»Wie teuer war denn Ihr Boot?« fragte er, als sie bei dem Mann angekommen waren.

»Ihr habt wohl vor, es zu kaufen, was?« Der Mann war größer, als er auf dem Boot gewirkt hatte. Er hatte eine spitze Nase, graublaue Augen und ließ sich gerade ein kleines Bärtchen wachsen.

Jamal grinste und sah zu dem Boot hinüber. »Mich würd bloß interessieren, wieviel Sie dafür haben zahlen müssen.«

»In Wirklichkeit gehört sie mir nicht, diese Jacht«, sagte der Mann. »Sie ist Eigentum der Firma, für die ich arbeite, aber ich darf sie benutzen.«

»Dürfen alle, die in Ihrer Firma arbeiten, damit segeln, wenn sie möchten?«

»Nicht alle«, erklärte der Mann. »Aber ich.«

»Wieviel hat sie gekostet?« meldete sich Tito zu Wort.

»Ich würd annehmen, so um die fünfundachtzigtausend Dollar.«

»Vielleicht besorg ich mir auch so 'ne Jacht, wenn ich mal 'nen Job hab«, sagte Jamal.

»Dann wünsch ich dir viel Glück dabei.« Der Mann tippte sich an seine Mütze und ging davon.

»Das ist 'ne Menge Geld«, sagte Tito. »Vermutlich ist er reich. Er sieht reich aus.«

»So reich ist er auch wieder nicht«, widersprach Jamal. »Er arbeitet ja für 'ne Firma. Wenn er wirklich reich wär, dann hätt er sein eigenes Boot.«

»Seine eigene Jacht«, korrigierte Tito.

»Genau. Weißte eigentlich, daß man Jacht vorne auch mit Ypsilon schreiben kann? Hab ich mal in 'nem Schulbuch gelesen.«

»Ich glaub, wir sollten jetzt heimgehn«, sagte Tito.

»Haste wieder Asthma?«

»Ein bißchen.«

»Haste Geld dabei, damit wir die U-Bahn nehmen können?«

»Nö, hab ich nicht. Du?«

»Nö, ich auch nicht.«

Sie gingen weiter downtown bis zu der Haltestelle, wo die 72. Straße auf den Broadway stieß. Sie hatten vor, über die Sperre zu springen, um kostenlos heimfahren zu können, aber am Fahrkartenschalter standen zwei Polizisten. Einer war weiß, der andere schwarz.

»Mein Freund hat Asthma«, sagte Jamal. »Könnten wir vielleicht kostenlos mit der U-Bahn fahren? Er kann nicht die ganze Strecke nach Harlem hoch zu Fuß gehn.«

»Verschwindet!«

»Deshalb brauchen Sie nicht gleich so unangenehm werden«, sagte Jamal zu dem schwarzen Polizisten.

»Ein kleiner Klugscheißer, was?«

Der weiße Polizist stupste Jamal mit seinem Schlagstock an. Jamal stieß den Stock weg und funkelte den Mann wütend an.

Tito begann wieder zu husten. Er packte Jamal am Arm und versuchte, ihn von den beiden Polizisten fortzuzerren.

Jamal zog den Arm weg.

»Sie sehn doch, daß er Asthma hat«, sagte er.

»Verschwindet!« Der weiße Polizist wedelte mit der Hand in Richtung Ausgang. Jamal nahm Tito am Arm und zog ihn mit nach draußen.

Tito hustete so viel auf dem Heimweg, daß ihm eine Frau ein Paket Papiertaschentücher reichte.

»Weißte, was wir tun könnten, wenn wir reich wärn?«

fragte Jamal. »Wir könnten wo hinziehn, wo's warm ist. Dort hättste vielleicht nicht laufend Asthma.«

»Nach Puerto Rico zum Beispiel«, schlug Tito vor.

»Wir könnten uns 'n Boot besorgen und damit nach Puerto Rico fahren.«

»Wenn wir zwei Boote hätten, könnten wir 'n Wettrennen veranstalten.«

»Wie denn das?« sagte Jamal. »Da du ja so 'n kleines Ding hättst und ich 'n großes, hättste sowieso nicht die geringste Chance.«

»Ja. Hab ich komplett vergessen«, sagte Tito.

7

Am Morgen verbrannte sich Jamals Mutter die Hand. Es sah ziemlich schlimm aus. Sassy war gerade dabei, sich zur Schule fertigzumachen. Sie öffnete ihre Schultasche, und alle ihre Buntstifte fielen heraus. Sie rollten quer durch die Küche, und einige landeten unterm Bügelbrett, auf dem Mama gerade Jamals Hemd bügelte.

»Was machste denn da unten, Mädchen?« rief sie, als Sassy begann, auf dem Fußboden herumzukriechen und ihre Buntstifte einzusammeln.

Jamal sah, wie es passierte. Es war wie im Film. Manchmal sah er die Dinge auf diese Weise.

Zuerst beugte sich Mama übers Bügelbrett, um zu sehen, wo Sassy gerade herumkroch. Dann blieb sie mit dem Arm am Kabel des Bügeleisens hängen, und es fiel um. Es wäre nicht vom Brett gefallen, aber sie griff trotzdem danach, packte es mit der bloßen Hand und zerrte es vom Rand weg.

»Verschwinde von hier, Sassy!«

»Ich sammel doch bloß meine Buntstifte ein!« erklärte die.

Jamal hatte seine Mutter ruckhaft die Hand zurückreißen sehen.

»Alles klar, Mama?«

Mama stellte das Bügeleisen mit der andren Hand aufrecht, hielt aber den Griff weiterhin umklammert.

»Was ist denn?« fragte Sassy, die sich gerade erhob.

Mama wedelte die Hand. Dann, als sie sah, daß Sassy nichts mehr passieren konnte, ging sie zur Spüle und ließ kaltes Wasser über die Brandwunde laufen. Jamal sah nicht auf ihre Hand, er sah hoch in ihr Gesicht.

Sie hatte die Zähne zusammengebissen und die Augen geschlossen.

»Was ist los, Mama?« Sassy drehte den Kopf, damit auch sie das Gesicht ihrer Mutter sehen konnte.

»Alles klar, Mädchen. Geht jetzt zur Schule, bevor ihr noch zu spät kommt.«

Jamal sagte nichts.

Er zog hastig sein Hemd an, damit Mama nicht den Versuch machte, es fertigzubügeln. Sowieso sah es okay aus.

In der Schule fing Dwayne wieder mit seinem Quatsch an. Zuerst bekam Myrna Ärger, weil sie im Klassenzimmer einen Kaugummi aufblies. Myrna machte laufend dummes Zeug, ohne erwischt zu werden, doch diesmal hatte sie Pech und wurde von Mrs. Rich erwischt.

Dann fing Myrna an, blöde Bemerkungen über ihre Lehrerin zu machen, wie kurz ihr Haar sei und so weiter. Auch Dwayne gab seinen Senf dazu, aber keiner beachtete ihn. Dann startete er wieder einen Angriff auf Jamal.

»Kannste mir mal erklären, wieso dein Hemd vornerum ganz glatt ist und hinten komplett zerknittert?« erkundigte er sich, wobei er sicherstellte, daß ihn alle hören konnten.

»Kannste mir mal erklären, wieso dein Gesicht komplett zerknittert ist?« gab Jamal zurück.

Dwayne trat über den Zwischengang hinweg nach ihm. Jamal wartete, bis sich Mrs. Rich zur Tafel drehte, dann trat er Dwayne, so fest er konnte, von hinten gegen das Bein.

»Ich werd dir 'n blaues Auge schlagen, du Mistkerl!« Dwayne stand auf.

»Setz dich!« schallte Mrs. Richs Stimme durch die Klasse.

»Jamal hat mich getreten!« meldete Dwayne.

»Hab ich nicht!«

»Wart nur, nach der Schule kannste was erleben!« sagte Dwayne und setzte sich wieder. Dabei nickte er heftig und ballte seine Hand zur Faust.

Jamal hatte keine Angst vor Dwayne. Er hatte sich schon mal mit ihm geprügelt, und alle sagten, Dwayne hätte nur deshalb gewonnen, weil Jamals Lippe aufgeplatzt war. Aber auch Jamal hatte Dwayne zweimal im Gesicht getroffen, und obwohl Dwayne viel größer war als Jamal, war er es gewesen, der als erster aufgab.

Im Naturkundeunterricht sahen sie sich einen Film über Umweltschäden an. Unter anderem wurde die Verschmutzung des Meeres gezeigt, und man sah Vögel, deren Federn mit so einer dicken Ölschicht bedeckt waren, daß sie nicht mehr fliegen konnten.

»Guckt mal, da ist Jamals Mama!« tönte Dwayne von hinten.

Jamal hatte keine Lust, sich zu prügeln.

»Komm, wir gehn einfach heim«, schlug Tito vor.

»Kneifen will ich nicht.«

»Der Dwayne ist 'ne Nummer zu groß für dich.«

»Ist mir doch egal.«

Dwayne kam mit Billy Ware, Myrna und Ralph Williams die Straße entlang. Jamal reichte Tito seine Bücher, dann überkreuzte er die Arme vor der Brust.

»Na los, schlagt euch!« rief Myrna, und einige andere Schüler kamen von der anderen Straßenseite herüber.

»Kannste mir mal erklären, wieso du mich getreten hast, du Idiot?« erkundigte sich Dwayne und baute sich so nah wie möglich vor Jamal auf.

»Darum!« sagte Jamal.

Dwayne gab Jamal einen Stoß, Jamal gab Dwayne einen Stoß.

Dann versetzte Dwayne Jamal einen Tritt ans Schienbein, der knapp unter dessen Knie landete.

Als sich Jamal bückte, um sein schmerzendes Bein zu halten, gab ihm Dwayne einen Schlag auf den Hinterkopf. Jamal packte Dwayne um die Taille.

Dwayne war fast fünfzehn. Er war groß und schwer, und er konnte kräftig zuschlagen. Jetzt trommelte er auf Jamals Rücken ein, aber der ließ nicht los. Immer noch die Arme um Dwaynes Taille geschlungen, versuchte er, nach dessen Beinen zu treten, konnte sie aber nicht erreichen. Dann drängte er vorwärts, drängte Dwayne schneller und immer schneller zurück, bis sie gegen ein Auto prallten.

Dwayne, der das Auto im Rücken hatte, versuchte nun, Jamal herumzuzerren, um ihn am Fahrzeug festzunageln. Aber Jamal packte Dwaynes Bein, riß es hoch und drängte wieder vorwärts, bis Dwayne am Auto herunterrutschte, zu Boden fiel und Jamal mit sich riß.

Jamal ließ los und schlug zu, immer wieder. Dwayne erwischte ihn zweimal im Gesicht, und auch Jamal traf ins Ziel. Sie lagen immer noch am Boden, prügelten aufeinander ein, und Dwayne versuchte, nach Jamal zu treten, als zwei Männer sie auseinanderzerrten.

»Habt ihr denn nichts Beßres zu tun, als euch gegenseitig die Klamotten zu zerfetzen?«

Beides waren Postboten. Jamal musterte sein zerrissenes Hemd.

»He, Dwayne!« rief Myrna. »Du hast Hundekacke an der Hose!«

Dwayne besah sich die Hose, dann drehte er sich wieder zu Jamal um.

»Morgen knöpf ich dich noch mal vor!« warnte er.

»Mach, daß du fortkommst!« Einer der Postboten deutete die Straße hinunter und gab Dwayne einen Stoß. »Und du gehst dort lang!« fügte er zu Jamal gewandt hinzu.

»Alles klar?« Tito hatte auf Jamal gewartet.

»Ja«, antwortete Jamal. »Sei so gut und pump mir deinen Pulli, damit meine Mutter nicht sieht, daß ich mein Hemd zerrissen hab.«

Tito zog seinen Pulli aus und reichte ihn Jamal.

»Ich glaub, du hast gewonnen«, sagte er. »Er schlägt gar nicht so hart zu, was?«

»Doch, ziemlich. Aber ich hab ihm auch 'n paar reingedonnert.«

»Und er war's auch, der sich in der Hundekacke gewälzt hat.«

»Mir wär's noch lieber gewesen, er hätt sich gleich mit dem Gesicht drin gewälzt.«

»Was haste vor, wenn er morgen tatsächlich wieder anfängt?«

»Dann fang ich auch wieder an.«

Mama war nicht zu Hause, Sassy war in ihrem Zimmer, also ging Jamal gleich ins Bad, wo er sein Hemd auszog und es untersuchte. Dwayne hatte ihm die Tasche abgerissen und es vorn von oben bis unten aufgefetzt. Jamal tat das Gesicht weh, und am Ellbogen hatte er eine Schürfwunde, die ihm erst jetzt bewußt wurde.

»Jamal, biste da drin?«

»Ja.«

»Komm raus!«

»Wieso?«

»Ich muß mal.«

»Halt die Klappe!«

»Komm raus da! Ich muß mal!«

Jamal öffnete die Tür und ging hinaus.

»Was ist 'n mit dir passiert?« erkundigte sich Sassy.

»Gar nix.«

»Lüg nicht.«

»Ich hab gedacht, du müßtest mal?«

»Jetzt muß ich nicht mehr.«

»Wo ist die Mama?«

»Schaffen. Bei Mr. Stanton«, antwortete Sassy.

»Wie geht's ihrer Hand?«

»Schlimm. Sie hat Schmalz draufgeschmiert und sie verbunden.«

Sassy setzte sich an den Küchentisch und machte Schulaufgaben. Jamal ging in Sassys Zimmer, öffnete den Schrank und kramte, bis er Randys alte Scorpion-Jacken fand.

Es waren zwei; eine war größer als die andere. Jamal probierte die kleinere an. Sie war ihm immer noch zu groß, aber nur ein bißchen.

Alle redeten über die Prügelei, als Jamal am nächsten Tag zur Schule kam. Dwayne war als erster dort und tönte herum, wie er es Jamal besorgt hätte.

»Also ich find, daß er ganz okay aussieht«, sagte Myrna, als Jamal auftauchte.

Oswaldo Vazquez befand, der Kampf sei unentschieden ausgegangen, und die meisten von denen, die Jamal mochten, stimmten zu. Diejenigen, die Dwayne mochten, behaupteten, er hätte gewonnen.

Jamal fand nicht, daß der Kampf unentschieden ausgegangen war. Seiner Meinung nach hatte er vermutlich verloren, aber es war ihm egal, so oder so. Er wußte, daß er nicht sein Bestes geben konnte, wenn er sich wegen Mama und Randy Sorgen machte und ihm alles mögliche im Kopf rumspukte. Einige der Mädchen begannen zu kichern und auf ihn zu deuten, aber er kümmerte sich einfach nicht darum.

»Wir müssen klären, wer der stärkere ist von uns beiden«, verkündete Dwayne, als sie in dem Raum ankamen, wo der Matheunterricht stattfand. »Oder willste kneifen?«

»Ich werd da sein«, antwortete Jamal. »Sei so gut und bring deinen Hintern mit, damit ich 'n dir noch mal polieren kann.«

Dwayne hatte ihn vor allen anderen herausgefordert. Wie im Film. Das macht ihn an, dachte sich Jamal, wenn er sich wie ein Cowboy aufführt. Diesmal würde der Kampf anders ablaufen. Erst würde er versuchen, Dwaynes Hemd zu zerreißen, und anstatt ihn um die Taille zu packen, wollte er sich von Anfang an auf sein Gesicht konzentrieren.

»Heute werden wir uns mit Dezimalzahlen befassen«, sagte Mrs. Rich. »Wer kann mir sagen, wo das Wort ›Dezimal‹ herkommt?«

Am Abend zuvor war Mama erst kurz vor halb elf heimgekommen.

Jamal und Sassy hatten sich Sorgen gemacht. Sassy schlief nicht mal ein, so wie sonst. Als Mama kam, hatte sie knusprig gebratene Hähnchenteile und Pommes frites mitgebracht.

»Wieso kommste denn so spät?« wollte Sassy wissen.

»Mr. Stanton hat mich bis Viertel nach neun arbeiten lassen. So langsam, wie ich mit der Hand vorwärtskam, hätt ich rein gar nix verdient, wenn ich schon um halb sechs gegangen wär.«

»Tut sie arg weh?« erkundigte sich Jamal.

»'s geht«, sagte Mama. »Ich mach jetzt 'n Verband ab und laß Luft dran, dann ist sie bis morgen früh okay.«

Jamal hatte Sassy einen wütenden Blick zugeworfen. Sie war schuld daran, sie und ihre blöden Buntstifte.

»Meinst du, daß der Tag kommen wird, an dem du in meinem Unterricht aufpassen wirst, Jamal?« fragte Mrs. Rich jetzt.

»Ja, Ma'am.«

»Kannst du mir also sagen, wie man den Bruch fünf Zehntel in einer Dezimalzahl ausdrückt?«

»Nein, Ma'am.«

Der Tag nahm kein Ende. Als Jamal auf dem Flur Tito begegnete, sagte der, er hätte sich's anders überlegt mit den Booten. Er würde auch lieber gleich von Anfang an ein großes kaufen.

»Zu spät«, wandte Jamal ein. »Du hast schon gesagt, du würdst zuerst mal 'n kleines nehmen.«

»Ich kauf mir eins in derselben Größe wie das von diesem Mann«, sagte Tito.

»Ich nehm eins, wo noch größer ist«, antwortete Jamal. »Also komm ich immer noch als erster in Puerto Rico an.«

»Nicht, wenn mein Vater bei mir mitfährt«, widersprach Tito. »Weil der nämlich ganz genau weiß, wie man hinkommt.«

»Ich kann mir ja 'ne Karte besorgen.«

»Er braucht keine.«

»Warteste draußen auf mich?«

»Mach ich.«

Die bevorstehende Prügelei fiel Jamal erst in der letzten Unterrichtsstunde wieder ein, als Dwayne von neuem mit seinem Quatsch anfing und Jamal einen Stoß versetzte, während sie ins Klassenzimmer gingen.

»Dwayne, was hast du denn für ein Problem?« fragte die Lehrerin.

»Gar keins.« Dwayne grinste von einem Ohr zum anderen und sah sich um.

»Tja, ich denke doch.« Mrs. Mitchell war groß und hatte graublaue Augen. »Du wirst nach der Schule dableiben, bis du es gelöst hast.«

»Heut nachmittag kann ich nicht bleiben«, sagte Dwayne. »Ich hab nämlich was vor.«

Er sah Jamal an, und einige von den anderen begannen zu lachen.

»Du wirst trotzdem dableiben«, sagte Mrs. Mitchell.

Während des Unterrichts flüsterte Dwayne Billy etwas zu, und Jamal sah, wie Billy einen Zettel schrieb. Er legte ihn auf Jamals Tisch, aber Jamal stieß ihn herunter.

Als Mrs. Mitchell das Zimmer verließ, um ein paar Fotokopien zu holen, drehte sich Billy zu Jamal um.

»Dwayne will wissen, ob du draußen auf ihn wartest«, sagte er laut.

»Oder haste vor, heimzurennen zu deiner Mama?« erkundigte sich Dwayne.

»Nö. Ich werd zu *dir* und deiner Mama heimrennen«, gab Jamal spitz zurück.

Dwayne warf Jamal sein Rechtschreibebuch nach. Aufgeklappt flatterte es durch die Luft, gerade als Mrs. Mitchell wieder hereinkam.

»Dwayne, hast du dieses Buch geworfen?«

»Ich wollt's nur dem Jamal ge-«

»Ruhe jetzt!« brachte ihn Mrs. Mitchell zum Schweigen.

Nach der Schule blieb Jamal an der Ecke stehen. Dwayne würde bis mindestens halb vier nachsitzen müssen, und er wußte nicht so recht, ob er auf ihn warten sollte oder nicht.

Aber er wollte zumindest erreichen, daß ihn ein paar von den anderen hier stehen sahen, damit sie nicht sagen konnten, er hätte gekniffen.

»He, Jamal!«

Jamal hob den Kopf. Es war Mack.

»Was ist?«

»Komm, wir haun ab von hier. Ich hab da was für dich«, sagte Mack.

»Ich muß auf 'n Tito warten.«

»Ich verdrück mich«, sagte Mack. »Darf mich nich inner Nähe vonner Schule blicken lassen. Ich wart anner nächsten Ecke.«

»Woher weißte eigentlich, daß ich hier zur Schule geh?« fragte Jamal.

»Der Randy und ich ham hier mal 'n paar Geschäftchen gemacht«, sagte Mack. »Dabei hat er mir's geflüstert.«

Mack ging davon. Jamal lehnte sich gegen ein gelbes Verkehrsschild, auf dem ›Vorsicht, Schulkinder!‹ stand.

»Warteste auf 'n Dwayne?« Billy hatte eine neue Schultasche.

»Schieb ab!«

»War ja bloß 'ne Frage«, sagte Billy und trottete davon.

Jamal mußte an Mack denken, der am Ende der Straße auf ihn wartete. Er hatte ein unangenehmes Gefühl im Bauch, ein ausgesprochen unangenehmes Gefühl. Jamal sah hinauf zu seinem Klassenzimmer. Er bildete sich ein, Dwayne stünde dort und sähe zu ihm herunter.

Endlich kam Tito.

»He, ich hab gehört, du würdst dich noch mal mit dem Dwayne prügeln.«

»Ja, er hat gleich wieder angefangen mit seinem Quatsch.«

»Willste auf 'n warten?«

Jamal zuckte die Achseln.

»Soll ich dir helfen, ihn zu vermöbeln?«

»Nö. Ich muß sowieso jetzt gehn. An der Ecke wartet der Mack auf mich.«

»Wer?« fragte Tito, als sie sich in Bewegung setzten.

Die meisten Schüler waren schon verschwunden. Es war verboten, sich nach drei Uhr nachmittags vor der Schule aufzuhalten, aber einige wenige standen immer noch herum.

»Du weißt doch, der Typ, den wir am andern Ende der Stadt getroffen haben.«

»Oh.«

Jamal blickte seinen Freund von der Seite an. »Wieso klingt 'n dein ›oh‹ so komisch?«

»Wie komisch?«

»Na ja . . . ›oh‹«, sagte Jamal.

»So klingt mein ›oh‹ immer.«

Mack stand an der Ecke und winkte Jamal und Tito zu, ihm zu folgen. Sie gingen hinter ihm her die Straße entlang, bis er in einem Gebäude verschwand.

»Was will er?« fragte Tito.

»Keine Ahnung. Vermutlich irgendwas wegen den Scorpions.«

»Laß dich bloß nicht mit denen ein«, sagte Tito und schüttelte den Kopf.

»Wieso nicht?«

»Weil nix Gutes bei rauskommen wird«, sagte Tito. »Davon bin ich überzeugt.«

»Wenn ich's doch tu, willste dann auch 'n Scorpion werden?«

»Was muß ich tun, damit sie mich nehmen?«

»Ich mach dich zum Mitglied, und das war's.«

»Okay.«

»Ich hab gedacht, du hättst gesagt, ich dürft mich nicht mit denen einlassen?« sagte Jamal grinsend.

»Damit war's mir auch Ernst«, sagte Tito. »Aber wenn ich auch mit bei bin, könnten wir sie vielleicht zu kriegen, auch mal was Gutes zu tun.«

»Außerdem können wir aufeinander aufpassen«, fügte Jamal hinzu.

Es war kalt in dem Haus, in das Mack gegangen war. Der Briefkasten in dem kleinen Flur war zerbeult, und in der Ecke fiel der Verputz ab.

»Heut ham die Scorpions Versammlung«, sagte Mack. Jamal fiel zum ersten Mal auf, daß Macks Atem nach Alkohol roch.

»Und worum geht's dabei?«

»Ich hab ihnen Bescheid gestoßen, daß du nu King bist«, sagte Mack. »Also wolln sie dich beschnuppern.«

»Wie haben sie reagiert?«

»Sie ham gesagt, sie wolln abstimmen, was 'n neuen King betrifft, aber ich hab ihnen gesagt, der Randy hätt gesagt, du wärst nu der Boß. Wenn sie das nich schlucken, dann kriegen sie's mit mir zu tun.«

»Was muß man machen, wenn man auch Mitglied werden will?« erkundigte sich Tito.

»Wenn der Jamal sagt, du gehörst dazu, dann kannste mit rein«, sagte Mack.

Zwei Mädchen kamen die Treppe herunter. Als sie die drei Jungen unten im Flur sahen, machen sie auf halber Höhe kehrt und gingen wieder nach oben.

»Wir schieben uns also jetzt rüber ins Clubhaus, damit sie dich unter die Lupe nehmen können«, sagte Mack.

»Alles klar. Kommste auch mit, Tito?«

»Ja.«

»Randy sagt, ich soll dein Oberkrieger machen, weil ich nämlich reinfahr wie der Blitz, wenn's knallt oder so«, sagte Mack.

»Okay.«

»Abgemacht!« Mack und Jamal klatschten sich zur Bekräftigung gegenseitig in die offenen Handflächen. Dann machten Mack und Tito dasselbe.

»Also, dann wern wir mal rüberschwirren«, sagte Mack. »Ach ja, da is der Ballermann. Steck 'n ein, Mann.«

Jamal nahm Mack die schimmernde Pistole ab und steckte sie in seinen Gürtel.

8

Mack war der einzige, der auf dem Weg zum Clubhaus der Scorpions den Mund aufbekam. Als sie auf der 125. Straße an einigen Geschäften vorbeiliefen, sah Jamal in den Schaufensterscheiben ihr Spiegelbild. Tito musterte ihn gerade, und Jamal war klar, daß sein Freund an die Pistole denken mußte, genau wie er selbst. Sie hing schwer in seinem Gürtel, und er faßte sie immer wieder an.

Seine Beine fühlten sich steif an, und ihm war, als müsse die Schußwaffe jeden Moment aus seiner Hose rutschen, von selbst losgehen oder irgendwas anderes passieren.

Die Scorpions benutzten die alte Feuerwache hinter dem Marcus Garvey Park als ihr Hauptquartier. Die Fenster waren mit Brettern vernagelt, und vor den Türen hingen Ketten, aber weiter hinten, an der Seitenwand des Gebäudes, gab es ein kleines Fenster, das man mit Hilfe einer kurzen Leiter erreichen konnte. Über dem Fenster hing ein kleines goldenes Schildchen, und als sie näher herantraten, erkannten sie einen schwarzen Skorpion darauf.

Mack kletterte als erster hoch, dann folgten Tito und Jamal.

Die Scorpions hatten sich einen kleinen Fernseher und einige Stühle hergeschafft. Sie saßen im Kreis da und sahen sich einen Kung-Fu-Film an. Sie sagten nichts, als Mack, Tito und Jamal auftauchten.

Jamal kannte die meisten von ihnen bereits.

»Na, wie läuft's?« Mack suchte sich einen Stuhl und setzte sich. »Was guckt ihr 'n da?«

»Das is der Typ, den sie als Ersatz für Bruce Lee genommen ham«, sagte ein Junge, den Jamal unter dem Namen Angel kannte. Dabei nickte er in die Richtung des chinesischen Karatekämpfers auf dem kleinen Bildschirm. »Aber der taugt nix.«

»Da haste recht.« Mack stand von seinem Stuhl auf und setzte sich auf eine Kiste.

»Na, Jamal, wie geht's, wie steht's?« erkundigte sich Angel, ohne den Fernsehschirm aus den Augen zu lassen.

»Nicht schlecht«, sagte Jamal.

»Wer is 'n das da?«

»Das ist der Tito.« Jamal deutete mit dem Kopf in Titos Richtung, dann drehte er sich wieder den anderen zu. »Tito, das da sind Blood, Terry, Indian und Angel. Den da kenn ich nicht.«

Tito nickte ihnen zu.

»Bobby Welcome heißt er«, sagte Mack. »'n Neuer.«

»Wir ham uns unterhalten, Mann.« Angel hatte einen kräftigen Nacken und riesige Augen. Ich könnte ihn so zeichnen, daß er aussehen würde wie ein Pferd, überlegte sich Jamal. »'s gibt einige, wo nich so happy drüber sind, daß der Jamal unser King werden soll.«

»Nich happy biste?« Mack klang drohend.

»Ich hab nich gesagt, daß ich nich happy wär.« Angels Stimme wurde lauter. »Ich hab gesagt, daß nich alle happy drüber sind, und ich denk mir, das sollten wir mal bequatschen.«

»Und ich denk mir, daß du *zuviel* quatschst«, sagte Mack.

Jamal spürte, wie er einen trockenen Mund bekam. Er sah zum Bildschirm, wo gerade einer trainierte, indem er schwere Steine hob.

»Der Jamal is ja noch 'n Bubi«, sagte Indian.

»Er is 'm Randy sein Bruder.«

»Hat nix zu besagen.« Blood setzte die Coladose an. Seine Gurgel bewegte sich auf und nieder, während er schluckte.

»Wir müssen abstimmen«, sagte Angel.

»Für wen willste denn stimmen?« fragte Jamal.

»Für 'n Indian.«

»Der Randy is immer noch der King hier«, sagte Mack. »Und er will ja nur, daß Jamal seinen Platz übernimmt, bis er wieder frische Luft zu schnuppern kriegt.«

»Bis der wieder rauskommt, sind meine Kinder hier Mitglied«, wandte Angel ein.

»Mir gefällt deine Klappe nich, Mann«, sagte Mack. »Willste Krieg mit mir?«

»Hier will keiner Krieg mit dir«, sagte Indian mit einem Blick auf Mack. »Wir quatschen doch bloß.«

»Der Jamal hat doch null Erfahrung«, sagte Angel. »Der hat doch null Ahnung. Von nix. Wenn wir ordentlich Kies machen wollen, dann muß unser King genau wissen, wie man mit 'n Dealern umspringen muß.«

»Und wenn's der Randy doch schafft mit seiner Berufung? Wirste dann auch noch so 's Maul aufreißen?« fragte Mack.

»Wenn's nötig is, schon.« Indian erhob sich und baute sich breitbeinig auf. Er hatte ein schmales Gesicht, und seine Augen blitzten aus kleinen Schlitzen.

»Ich steh hinter dir«, sagte Angel.

Jamal wußte nicht, was er tun sollte. Er überlegte sich, ob er Mack die Pistole zurückgeben sollte. Also stand er auf, schlug die Jacke zurück und legte die Hand darauf.

»Er hat 'nen Ballermann!« Der massige Blood hatte braune Haut und helle Augen. Vorn fehlte ihm ein Zahn.

Indian warf Jamal einen Blick zu und machte einen Schritt rückwärts.

»Was meint 'n ihr, wieso der Randy will, daß der Jamal unsern King macht?« fragte Mack. »Weil er nämlich blickt, daß der nich so kindisch rumquakt wie ihr. Der Jamal kann euch schneller einschläfern als wie eure Mama damals inner Wiege.«

»Ich seh ja, daß er 'ne Knarre hat, aber ich weiß nich, ob er auch 'n Mumm hat, sie ballern zu lassen«, sagte Indian.

»Halt jetzt die Klappe!« befahl Angel.

»Wieso?« wollte Indian wissen.

»Weil sein Bruder einen umgelegt hat«, sagte Angel. »So was liegt im Blut.«

»Was sagst 'n du zu der Angelegenheit, Jamal?« erkundigte sich Bobby Welcome.

»Der Randy will, daß ich King von 'n Scorpions werd, also bin ich hier«, sagte Jamal.

»Früher oder später will dir mal wer an 'n Kragen, und dann geht's drum, was du als Einzelkämpfer taugst«, sagte Indian. »Und dafür biste zu jung und hast die Nerven nich.«

»Was quakste 'n da von Einzelkämpfer, du Depp?« fragte Mack. »Wir sind 'n Team, der Jamal und ich, da gibt's keine Frage nich. Wenn du 'nen Trumpf inner Hand hast, dann laß 'n sehen, Mann!«

Indian sah zu Jamal hinüber, dann wandte er sich wieder ab.

»Scotty sagt, er hätt Verwendung für 'n paar Beine morgen«, meldete Blood. »Zwei Mann braucht er. Sollen wir's übernehmen?«

»Was meinste, Jamal?« fragte Mack. »Die Kohle könnten wir brauchen.«

»Ja.«

»Also, wer macht sich auf die Socken?« fragte Mack.

»Ich und Indian«, sagte Blood.

Mack warf Indian einen Blick zu. »Alles klar. Solang gewisse Leut hier nich vergessen, daß ich voll hinterm Jamal steh.«

»Und der da? Will der auch mitmachen?« Angel deutete auf Tito. »Wie alt is 'n der? Sechse?«

»Er wird mitmachen, wenn ich sag, daß er mitmachen wird«, sagte Jamal.

»Wie alt bist 'n du?« erkundigte sich Mack bei Angel.

»Vierzehn«, gab Angel zur Antwort. »Alle andern

hier ham vierzehn, fünfzehn oder sechzehn auf 'm Bukkel. Der da is zwölf, vielleicht sogar bloß elf.«

»Zum Dealen braucht er keine vierzehn sein«, sagte Indian. »Aber unser King, das is was andres.«

Auf dem Bildschirm kämpfte gerade eine Karateschule gegen eine andere.

Jamal setzte sich und schaute ein Weilchen zu. Tito sah er nicht an. Wenn er zu Tito hinschaute, würde er vielleicht sehen, daß sein Freund Angst hatte, und dann käme auch seine eigene Angst heraus. Er wollte nicht sehen, daß sich Tito fürchtete oder daß er vielleicht sogar lächelte. Indian, Mack und Blood gehörten nicht zu den Kerlen, in deren Gegenwart man viel lächelte.

Sie sahen sich den Film bis zum Schluß an, dann sagte Blood, er müsse jetzt weg. Auch Mack meinte, er müsse gehen. Tito und Jamal schlossen sich ihm an.

»He, Jamal!« rief ihm Indian nach.

»Was is?«

»Ich hab nix gegen dich oder so«, sagte Indian. »Ich find halt bloß, daß du bißchen jung bist als King.«

»Ja.«

Auf der Morningside Street, gegenüber von der St.-Joseph-Kirche, trennten sie sich von Mack. Sobald er die Straße überquert hatte, erkundigte sich Tito bei seinem Freund, ob er Angst gehabt hätte.

»Nö, Mann.«

»Doch, hast du.«

»Hat man's mir angesehn?«

»Nö, aber ich hab's trotzdem geschnallt«, sagte Tito. »Willste wirklich denen ihr Chef bleiben?«

»Weiß nicht.«

»Sie haben Angst vor 'm Mack«, sagte Tito.

»Sie haben Angst vor 'm Mack, aber auch vor mir, solang ich den Ballermann hab.«

»Ich mag das Ding nicht«, sagte Tito, während sie an

halbfertigen Sozialwohnungen vorübergingen. »Willste's wirklich behalten?«

»Weiß nicht.«

»Haste schon mal mit so 'nem Apparat geschossen?«

»Was glaubst 'n du?«

»Willste 'n mal ausprobieren?«

»Wo?«

»Im Central Park. Unten beim Wasser.«

»Morgen nach der Schule?«

»Ja.«

»Okay.«

»Haste die Stangen dort gesehn?«

»Welche Stangen?«

»Die im Clubhaus. Dort war früher mal 'ne Feuerwache.«

»Du meinst, das waren so Stangen, wo die Feuerwehrmänner dran runtergerutscht sind?«

»Ja.«

»Könnten wir auch mal probieren.«

»Ich könnt Feuerwehrmann werden«, sagte Tito. »Dann könnt ich Menschen retten.«

Während Sassy auf der Toilette saß und Mama zum Einkaufsladen gegangen war, um ihre Lottozahlen abzugeben, versteckte Jamal die Pistole in der Couch. Er nahm das Kissen hoch und schob sie zwischen Armlehne und Sitzpolster, gerade noch rechtzeitig, bevor Sassy aus dem Bad zurückkam.

»Hat dir Mama erzählt, daß Daddy da war?«

»War er das?« Jamal lehnte sich in die Kissen des Sofas, um so natürlich wie nur möglich zu wirken. »Was hat er denn gewollt?«

»Er ist gekommen, um sie zu fragen, ob sie Geld bräucht«, sagte Sassy. »Mama hat ja gesagt, und da hat er gesagt, er hätt 'nen Job gefunden, und sobald er bißchen was verdient hätt, würd er ihr was geben.«

»Sagt er immer.«

»Er wird mager.«

»Was hat er denn zu dir gesagt?« fragte Jamal.

»Nix, nur wie's mir gehen tät und so.«

»Hat er was über mich verlauten lassen?«

»Er hat gefragt, wie's eigentlich käm, daß du hier nicht für mehr Ordnung sorgst.«

»Das hat er gesagt?«

»Ja, hat er. Außerdem hat er gesagt, du müßtest jeden Tag abwaschen, weil du ja jetzt das Familienoberhaupt wärst.«

Jamal grinste. Das hatte sein Vater nicht gesagt, das wußte er genau. »Hat er dir auch gesagt, wie goldig du bist?«

»Hat er ungefähr ein- oder zweimal, vielleicht sogar dreimal erwähnt«, antwortete Sassy.

»Was hat er denn über 'n Randy gesprochen?«

»Für den würd er auch Geld beschaffen. Sah so aus, als würd ihm die Sache mit Randy ziemlich nachgehn.«

»Dem macht das doch null aus.«

»Glaub ich nicht.«

»Warum nicht?«

»Weil's nicht so aussah«, sagte Sassy. »Der Randy ist doch sein Sohn, genau wie du.«

»Wie lang ist er dageblieben?«

»Heut abend kommt er wieder«, sagte Sassy. »Er hat gesagt, er würd was von McDonald's mitbringen.«

»Von mir aus kann er fortbleiben.«

»Mama hat so getan, als würd sie sich nichts aus seinem Besuch machen, aber ich glaub, sie hat sich doch gefreut.«

Jamal konnte sich kaum mehr an die Zeit erinnern, als sein Vater noch mit ihnen zusammengelebt hatte. Er erinnerte sich nur an die wenigen Male, wo ihn sein Vater unter den einen Arm und Sassy unter den anderen genommen hatte und mit ihnen draußen vor der Sozialsiedlung, wo sie damals gewohnt hatten, durch den Park gerannt war. Häufiger war es vorgekommen, daß sein Vater mal wieder seinen Job verloren hatte und zu Hause herumhockte. Zuerst trank er unentwegt Bier, dann ging er auf Wein über und fing an, Mama schlecht zu behandeln. Eines Tages hatte Mama Randy, ihn und Sassy angezogen und war mit ihnen weggegangen. Jamal wußte noch, wie er sie gefragt hatte, was denn passiert wäre, und daß sie nicht geantwortet hatte. Daß etwas passiert sein mußte, war Jamal klar. Ihre Lippe war geschwollen, und sie weinte. Sassy hatte ebenfalls geweint, weil sie erkältet war. Randy wollte noch mal zurückgehen, um seinen Ball zu holen, und Mama flehte ihn laufend an, er solle sich beeilen.

Sie waren in dieser Nacht zu Mamas Cousine gegangen und hatten dort alle auf dem Fußboden geschlafen. Nach einigen Tagen zogen sie in eine neue Wohnung um, die Mama für sie gefunden hatte.

Anfangs kam Daddy ziemlich oft vorbei. Meistens war er dann betrunken. Nach einer Weile ließ er sich immer seltener blicken. Was seinen Vater betraf, ging es Jamal mit ihm genauso wie mit Randy: Beide waren weg, und beide hatten ein kleines Stück von Mama mitgenommen, das sie nicht wiederbringen konnten.

»Kann ich in dein Zimmer gehn?«

»Willste zum Fenster rausgucken und zeichnen?«

»Ja.«

»Macht fünfundzwanzig Cent.«

»Ich geb dir keine fünfundzwanzig Cent«, sagte Jamal.

»Dann krieg ich dein Bild, wenn du fertig bist damit.«

Jamal saß gern an Sassys Fenster und zeichnete den Hinterhof. Früher mal war er mit Müll übersät gewesen, den die Leute aus den Fenstern warfen. Aber als der Hausmeister vom Nachbarhaus, ein alter Chinese, damit anfing, einen Garten anzulegen, taten sich die Leute zusammen und hielten den Hof gemeinsam sauber. Sie boten dem alten Mann Geld an, um sich auch zu beteiligen, aber das wollte er nicht nehmen. Er verbrachte seine Zeit damit, zumindest wenn er im Haus nichts zu tun hatte, im Garten zu arbeiten und ihn schönzumachen.

Jetzt begann ihn Jamal zu zeichnen. Das hatte er schon mindestens dreißigmal getan, und jedesmal war das, was dabei herauskam, ein bißchen besser.

Manchmal sah er beim Zeichnen die Dinge genau an und konzentrierte sich ganz darauf, was er tat. Andere Male dachte er gar nicht daran, was er tat. Es war, als bewege sich sein Bleistift ganz von selbst, während er über andere Dinge nachdachte.

Auch jetzt war er mit seinen Gedanken nicht beim Garten, sondern bei den Scorpions. Er hatte wirklich Angst gehabt. Das wußte Tito, und vielleicht wußten es auch die anderen. Jamal war klar, daß sie wiederum vor Mack Angst hatten. Mack war sechzehn und hatte schon zweimal in Spofford, einem Jugendgefängnis, seine Strafen abgesessen.

Auch vor der Pistole hatten sie Angst. Indian war richtiggehend erstarrt, als er sie in Jamals Gürtel gesehen hatte. Trotzdem wußte Jamal nicht so recht, ob er zu dieser Bande gehören wollte oder nicht. Er wollte nicht in eine Lage kommen, wo er gezwungen wäre, gegen Indian zu kämpfen. Indian sah wild aus, und Randy hatte ihm mal erzählt, daß er einen Burschen mit einem einzigen Kinnhaken bewußtlos geschlagen hätte, als die Scorpions in der Bronx in einen Kampf verwickelt worden waren. Aber vielleicht würde er ja gar nicht gegen Indian kämpfen müssen. Zumindest nicht, solange er die Pistole besaß.

9

Als Jamal Mama heimkommen hörte, verließ er Sassys Zimmer. Sie brachte einige Pakete mit, die ihr Sassy abnahm und auf den Tisch stellte.

»Ist der Jevon schon da?« fragte Mama.

»Nee.« Sassy schüttelte den Kopf.

Ihre Mutter verkniff einen Augenblick lang die Mundwinkel, doch dann entspannten sie sich zu einem Lächeln.

»Sassy, guck mal nach, ob im Schrank Paprikapulver ist«, befahl sie.

Sassy ging zum Schrank, wo sie auch prompt welches fand.

»Was willste denn kochen?«

»Teufelsfisch«, antwortete Mama. »Was hast 'n du heut gemacht, Jamal?«

»Gar nix. Kommt der Daddy?«

»Zumindest hat er's gesagt«, entgegnete seine Mutter, wobei sie das »gesagt« in die Länge zog. »Der Himmel weiß, was dieser Mann die ganze Zeit treibt.«

Die Fische waren schon ausgenommen und geschuppt. Mama wusch sie sorgfältig, tupfte sie trocken, dann überstäubte sie jeden einzelnen mit Mehl und legte sie aufs Hackbrett. Jamal zählte sechs kleine Fische.

»Mama, stimmt's, daß der Daddy gesagt hat, von jetzt an müßt der Jamal immer das Geschirr abwaschen?« fragte Sassy.

»Für dummes Geschwätz hab ich keine Zeit, Mädchen«, sagte ihre Mutter. »Haste irgendwelche Hausaufgaben auf?«

»Hab ich schon in der Schule gemacht.«

»Und wie steht's mit dir, Jamal?«

»Ich hab keine auf«, sagte Jamal. Ihm fiel ein, daß an der Tafel welche gestanden hatten, aber er hatte vergessen, sie aufzuschreiben.

»Macht mir bloß keinen Quatsch, solang euer Daddy da ist!« befahl Mama und legte ein sauberes Geschirrhandtuch über die Fische. Dann gab sie Speck in eine Bratpfanne und drehte die Gasflamme hoch.

Jamal lehnte in der schmalen Küchentür und sah zu, wie sich der Speck langsam über den Pfannenboden bewegte, während er ausbriet. Seine Mutter nahm eine Tasse mit Hühnerbrühe aus dem Kühlschrank, goß sie in einen Topf, gab schwarzen Pfeffer und Paprikapulver hinein und rührte sanft darin, während die Brühe sich langsam erhitzte.

»Sieht es in deinem Zimmer ordentlich aus, Sassy?«

»Ja, falls der Jamal keinen Dreck gemacht hat. Er war nämlich drin.«

»Ich hab keinen Dreck gemacht!« protestierte Jamal.

»Dann geht mal beide ins Wohnzimmer und guckt nach, wie's dort aussieht.«

Jamal ließ Sassy vorausgehen, dann, als ihm die Pistole in der Couch einfiel, ging er rasch hinterher.

Im Wohnzimmer sah es ganz gut aus, und die wenigen Dinge, die herumlagen, räumte Sassy weg. Sie stellte den Fernseher an, aber ganz leise, damit Mama ihn nicht hörte und ihr befahl, ihn wieder abzustellen.

»Du kannst meinen Fisch kriegen«, sagte Sassy.

»Ich will deinen Fisch nicht«, antwortete Jamal.

»Du kannst ihn trotzdem kriegen.«

»Halt die Klappe.«

Jevon Hicks klopfte genau um sechs an die Tür. Als Sassy aufmachte, packte er sie und hob sie hoch.

»Langsam wirste schwer, Mädchen!«

»Tag, Daddy.«

»Sassy, frag mal deinen Vater, ob er im Wohnzimmer essen will oder in der Küche.«

»Egal. Dort, wo's was zu futtern gibt«, antwortete Jevon.

»Tag, Daddy.«

»Na, wie geht's dir denn so, Junge?«

»Gut.«

»Hilfste deiner Mutter auch schön im Haushalt?« Jevon Hicks zog seinen Mantel aus und setzte sich ans andere Ende der Couch. Er hatte einen alten Anzug an, aber seine Schuhe sahen neu aus.

»Jaja«, sagte Jamal. »Mach ich.«

»Daddy, sag dem Jamal, er muß jeden Tag das Geschirr abwaschen.«

»Ist doch keine Männerarbeit«, entgegnete Jevon. »Wie kommste denn in der Schule zurecht?«

»Okay.«

»Okay? Nicht gut genug«, sagte Jevon. »Mit 'nem ›okay‹ kannste dich nicht begnügen, wenn du bei 'n Weißen ordentlich was verdienen willst.«

»Ich komm gut zurecht«, sagte Jamal.

»Na, klingt schon bißchen besser. Bestimmt ist's dir lieber, wenn ich meinen Gürtel nicht ausziehn und dich zurechtstoßen muß.«

Jamal sah weg. Er spürte, wie ihm Tränen in den Augen brannten. Er haßte es, wenn sein Vater hier ankam und davon sprach, er wolle ihn »zurechtstoßen«. Immerhin war es ja nicht so, daß er stets zur Stelle war, um mit ihm zu reden oder ihm zu helfen oder so. Aber jedesmal, wenn er hin und wieder vorbeikam, mußte er so tun, als wäre er mordsmäßig interessiert an allem. Jamal wünschte sich, sein Vater wäre in Puerto Rico oder sonstwo, so wie der von Tito.

Dann unterhielt sich Jevon Hicks mit Sassy und erzählte ihr von seinem neuen Job in einer Reinigung. Demnächst sollte er dort anfangen. Jamal konnte den Fisch riechen. Er wußte, Mama würde ihn etwa eine halbe Minute lang in dem Speck braten, bevor sie ihn in die pfeffrige Brühe gab. Er schmeckte gut so, besser als nur in Maismehl gewälzt und in der Pfanne gebacken.

»Sobald ich wieder flüssig bin, werd ich versuchen, mir ’nen fahrbaren Untersatz zu besorgen«, sagte sein Vater gerade am Küchentisch. »Vielleicht könnten wir dann mal zusammen wo hinfahrn. Wann wart ihr denn das letzte Mal auf Coney Island?«

»Ich war nicht mehr auf Coney Island, seit . . .« Mama sah zur Decke. »Seit damals, kurz bevor Mr. Lee gestorben ist. Erinnert ihr euch noch an den? Er hat draußen an der Rennbahn gejobbt.«

»Meinste diesen alten Mann mit dem krummen Rükken?«

»Ja.«

»Laß uns lieber nach New Jersey in den Vergnügungspark fahrn«, schlug Sassy vor.

»Dort passieren für meinen Geschmack zuviel Unfälle.« Jevon Hicks nahm sich einen Fisch von der Platte. »Außerdem braucht man den ganzen Tag für die Fahrt. Ich möcht wetten, für hin und zurück geht ’ne ganze Tankfüllung drauf.«

»Wir müssen auch an das Geld für unsern Randy denken«, sagte Mama.

»Was haste gesagt, wieviel der Rechtsanwalt haben will?« fragte Jevon.

»Er sagt, alles in allem bräucht er zweitausend Dollar.«

»Die Hälfte davon kann ich in ’n paar Monaten zusammenkriegen, aber alles schaff ich nicht.«

»Der Rechtsanwalt hat gesagt, für fünfhundert könnt er die Sache schon mal starten«, sagte Jamal.

»Zumindest hat er das deiner Mutter erzählt«, antwortete sein Vater. »So machen’s diese Herren immer. Erst fünfhundert, dann noch mal fünfhundert, und immer so weiter, bis du tot umfällst. Man muß die komplette Summe zusammenhaben, dann kann man sie hinblättern und sagen: ›So, da ist das Geld, hol ihn jetzt raus!‹«

»Denkst du, daß er wieder rauskommt, Jevon?« fragte Mama.

»Darum geht's gar nicht. Was die großen Herren da oben entscheiden, weißte erst, wenn's soweit ist. Im Augenblick geht's nur darum, was wir machen, um unser eigen Fleisch und Blut aus 'm Bau zu holen.«

»Wir können gar nix tun, außer das Geld besorgen«, sagte Jamal.

»Und was unternimmste dafür?« fragte sein Vater.

»Ich?«

»Ja, du. Er ist doch dein Bruder, oder wie oder was?«

»Ja.«

»Also, dann wird's Zeit, daß du mit anfängst, dich wie 'n Mann aufzuführen und dir zu überlegen, was du unternehmen könntst.«

»Job kann er keinen kriegen, weil er erst dreizehn ist«, sagte Sassy.

»Als ich in seinem Alter war, da hab ich massenhaft Jobs gehabt. 'türlich gibt dir keiner einen, wenn du angelatscht kommst und gleich erzählst, du wärst erst dreizehn«, sagte sein Vater. »Sowieso willste ja gar keinen Job. 's Mutterkindchen willste spielen, sonst gar nix.«

»Der Jamal hilft mir 'ne Menge hier im Haushalt«, sagte Mama. »Stimmt's, Sassy?«

»Ja, der Jamal hilft der Mama oft«, bestätigte die.

»Machste immer noch diese Zeichnungen?«

Jamal antwortete nicht. Seinem Vater gefiel seine Zeichnerei nicht, das wußte er.

»Ich glaub, 's ist besser, wenn er daheim bleibt und mir weiterhin im Haushalt hilft, damit ich mir nicht auch um ihn Sorgen machen muß, während ich schaffen bin«, sagte Mama. »Du kennst doch diese Drogenköppe hier in der Gegend.«

»Sogar der Randy hat Müh gehabt, 'nen Job zu behalten«, sagte Sassy.

»Was daran lag, daß er sich nix hat gefallen lassen.« Jevon Hicks nahm die letzte Kartoffel. »Die wollen keinen bei sich arbeiten lassen, wo sich zur Wehr setzt. Das ist was, was der Jamal noch lernen muß.«

Jevon Hicks blieb bis elf. Die meiste Zeit verbrachten sie vor dem Fernseher. Mama redete mehr als sonst. Sie war glücklich, daß ihr Mann gekommen war, sagte sich Jamal. Als Jevon anfing, ruhelos zu werden und auf die Uhr zu sehen, wußten sie alle, daß er gleich gehen würde. Mama wurde still. Alle wurden still und warteten darauf, daß er sagen würde, er ginge jetzt.

»Wieviel Uhr ist's denn eigentlich?« fragte er.

»Noch nicht so spät«, antwortete Mama. »Willste 'ne Tasse Kaffee?« Er sah auf seine Uhr und murmelte etwas, von wegen er müsse am nächsten Tag früh aus den Federn.

Zuerst verabschiedete er sich von Sassy, zog sie an sich und drückte sie.

»Du mußt lernen, dich eher wie 'n Mann aufzuführen«, sagte er zu Jamal.

»Weiß ich«, gab Jamal zurück.

»Wieso?«

»Außer mir gibt's hier ja wohl keinen, oder?«

»Sei nicht so frech, Jamal!« sagte Mama. »Manchmal ist dieses Bürschchen derart frech!«

Mama ging mit ihrem Mann zur Tür. Dann war er weg. Später bat sie Jamal, das Geschirr abzuwaschen, was er auch tat.

Er wußte nicht, woran es lag, aber es war immer dasselbe, wenn sein Vater zu Besuch kam. Egal, was sie taten, egal, worüber sie redeten, anschließend ging es Jamal immer mies. Nicht deshalb, weil sein Vater wieder weg war. Daran war er gewöhnt. Es lag an den Bemerkungen, die er immer machte und in denen es meistens darum ging, daß sich sein Sohn nicht wie ein Mann aufführen würde. Jamal hatte das Gefühl, als erwarte man irgend etwas von ihm, bloß wußte er nicht, was es war.

Mama sagte, wenn ein Mann von seiner Familie getrennt lebe, sei es manchmal schwierig für ihn, sie wiederzusehen, weil er immer das Gefühl habe, er hätte ihnen gegenüber versagt. Das konnte Jamal begreifen. Manchmal, wenn die Dinge für ihn, Mama und Sassy schlecht liefen und er nichts daran ändern konnte, hätte er auch Lust gehabt, einfach zu verschwinden. Er konnte also begreifen, wie seinem Vater zumute war, aber das half ihm auch nicht weiter.

Jamal sah sich die Pistole an, bevor er sie in seinen Turnschuh steckte. *Sterling .380 D/A* war an der Seite aufgeprägt, und er fragte sich, was das wohl bedeuten mochte. Er schnürte den Turnschuh sorgfältig zu und steckte ihn zu dem anderen in eine Papiertüte. So nahm er sie mit zur Schule. Sie kam ihm schwerer vor als gestern.

Der Vormittag verlief ohne Zwischenfälle. Mrs. Rich fragte, ob irgendwer seine Hausaufgaben nicht gemacht hätte, aber er meldete sich nicht. Dann befahl sie Christine, die Hefte einzusammeln und diese anhand der Lösungen, die sie ihr gab, zu korrigieren. Kurz vor Ende der Stunde teilte Christine die benoteten Schularbeiten wieder aus.

»Alle Rechnungen, die ihr falsch gelöst hattet, geht ihr heute abend noch mal durch!« befahl Mrs. Rich. »Morgen oder Montag schreiben wir eine Klassenarbeit.«

Dwayne fing wieder mit seinem Quatsch an und tönte herum, Jamal hätte am Tag zuvor gekniffen.

»Jetzt muß ich ihn zweimal verkloppen«, erzählte er einigen Mädchen in der Klasse. »Vielleicht laß ich ihn auch 'nen Dollar pro Tag blechen, wenn er will, daß ich ihm nicht auf die Pelle rück.«

Myrna warf Dwayne einen angewiderten Blick zu. Sie mochte ihn genausowenig, wie Jamal es tat.

»Wenn du in der Mittagspause nicht runterkommst in

den Lagerraum, werd ich's dir hier im Klassenzimmer besorgen!« verkündete Dwayne.

»Ich komme«, antwortete Jamal.

Die Mädchen begannen herumzuerzählen, in der Mittagspause fände im Lagerraum eine Prügelei statt.

»Wieso willste dich mit 'm Dwayne schlagen, wo du doch genauestens weißt, daß du verlieren wirst?« wollte eine der Davis-Zwillinge von Jamal wissen.

»Weil ich da nicht so sicher bin«, sagte Jamal.

»Als er dich neulich vermöbelt hat, warste sicher«, gab sie mit unschuldiger Miene zurück. Sie machte sich lustig über ihn. Jamal sah ihr geradewegs in die Augen, aber er war so wütend, daß ihm fast die Tränen kamen.

Jamal hatte noch eine Unterrichtsstunde vor der Mittagspause. Doch statt gleich hinzugehen, stieg er hinauf in den zweiten Stock, suchte Tito und erzählte ihm von dem bevorstehenden Kampf.

»Also willste dich noch mal mit ihm prügeln?«

»Sei so gut und bring die Pistole runter in den Lagerraum«, sagte Jamal. »Laß sie in der Tüte, und die stellst du aufs Regal. Okay?«

»Ich find nicht, daß du einen erschießen solltest«, sagte Tito.

»Erschießen werd ich ihn nicht.«

»Was haste dann mit der Pistole vor?«

»Sei so gut und bring sie runter, wie ich gesagt hab«, bat Jamal.

»Nö, mach ich nicht.«

»Wieso nicht?«

»Weil ich nicht will, daß du einen erschießt.«

»Ich will ihm doch bloß Angst einjagen«, erklärte Jamal.

»Ich find, du solltest sie nicht mitnehmen«, sagte Tito. Er sah zu Boden und stocherte mit der Spitze seines Turnschuhs in einer Bodenritze herum.

»Okay, dann geh ich eben runter und laß mich verprügeln«, sagte Jamal. »Ich werd einfach dastehn, mich verprügeln lassen und sagen, so hätt's mein Freund Tito gewollt.«

Tito sah zu Jamal hoch, zuckte kurz die Achseln und sah dann wieder zu Boden.

»Vielleicht solltest du das Ding wieder dem Mack geben«, sagte er.

»Okay, mach ich. Heut nachmittag.«

»Versprochen?«

»Sobald wir's ausprobiert haben.«

»Okay.«

»Bringste's jetzt runter in den Lagerraum?«

»Mach ich.« Tito nickte und nahm die Tüte entgegen.

»Jamal, wo warst du?« fragte Mr. Hunter.

»Mir war furchtbar übel«, sagte Jamal. »Ich mußte mal aufs Klo.«

Mr. Hunter holte Luft, und seine Schultern schienen nach oben zu wachsen, während er versuchte, sich eine Antwort einfallen zu lassen. Dann ließ er sie wieder sinken und fuhr mit seinem Unterricht fort.

Dwayne sagte etwas zu Billy und sah nach hinten zu Jamal. Dwayne führte sich auf, als müsse er sich gleich totlachen.

Indian war um einiges härter im Nehmen als Dwayne, überlegte sich Jamal. Indian sah ebenso knallhart aus wie Mack, nur vielleicht intelligenter. Knallharte Kerle wirkten noch härter, wenn sie nicht allzu helle waren, und Mack schien wirklich nicht allzu helle zu sein.

Indian war also ein knallharter Bursche, aber als er die Pistole in Jamals Gürtel gesehen hatte, da hatte er schlagartig die Klappe gehalten. Bei Dwayne würde es genauso sein. Jamal sah ihn schon vor sich, wie er mit seinem schiefen Gesicht in den Lagerraum kommen und grinsend verkünden würde, was für ein Held er sei und alles.

Und dann, wenn er die Pistole sah, würde ihm schlagartig klarwerden, daß er wohl besser die Klappe hielt. Und genau das würde er dann tun. Wie Indian.

Als es schellte, machten sich alle auf den Weg zurück in ihr Klassenzimmer.

»He, Dwayne«, sagte Billy ganz in Jamals Nähe. »Wetten, daß du's nicht schaffen wirst, ihn k.o. zu schlagen?«

»Wetten, daß?« gab Dwayne zurück.

»Was meinst 'n du, Jamal?« Billy tat so, als hätte er ein Mikrophon in der Hand, das er nun Jamal vor die Nase hielt.

»Mal sehn, was er vertragen kann«, sagte Jamal.

Dwayne stieß ihn gegen die Wand.

»Was haste da gesagt, du Knallkopf?«

»Wir treffen uns im Lagerraum«, antwortete Jamal. »Das war's, was ich gesagt hab.«

Jamal machte kehrt und ging in sein Klassenzimmer. Vielleicht sollte er sich einfach nur prügeln mit Dwayne? Er hatte keine Angst vor ihm. Selbst wenn er verlor, dann machte ihm das nichts aus, denn bei einem Kampf, der nur mit den Fäusten ausgetragen wurde, konnte einem ja nicht allzu viel passieren.

Aber wenn er sich darauf einließ, überlegte sich Jamal, und ordentlich Prügel bezog, dann würde Dwayne vielleicht den Versuch machen, ihm die Pistole abzunehmen. Nein, das durfte auf gar keinen Fall passieren. Auch darüber grübelte er ein Weilchen nach, aber was er nicht aus dem Kopf bekam, das war, daß ihn Dwayne laufend auslachte. Es war nicht in Ordnung, daß Dwayne andere auslachte.

10

»Dann mach ich nicht mit«, sagte Jamal.

»Er will kneifen!«

»Eigentlich müßt ich dir an Ort und Stelle eine vor die Batterie knallen.« Dwayne hatte sich so dicht wie möglich vor Jamal aufgebaut und sah auf ihn herunter.

»Guckt mal, wie verängstigt der guckt!« Tamia Davis versuchte, um Dwaynes Schulter herum einen Blick auf Jamal zu werfen.

»Wenn wir uns prügeln wollen, dann gehn wir zwei da rein und sonst keiner«, sagte Jamal.

»Ich hab zwei Dollar für mein Ticket bezahlt!« wandte Billy ein. »Also hab ich 'n Recht drauf zuzugucken.«

»Bist du 'n Held! Aber dich hinter dem Dwayne verstecken, das kannste!« sagte Jamal verächtlich zu Billy. Dann wollte er sich an Dwayne vorbeidrängeln, um endgültig zu verschwinden. Dwayne packte ihn am Arm und wirbelte ihn herum.

»Du willst also kneifen?«

»Du bist's doch, der bloß mitmachen will, wenn seine ganzen Kumpels mit dabei sind«, gab Jamal zurück.

»Geht rein!« Billy wedelte mit der Hand in Richtung Lagerraum. »Wir bleiben draußen und horchen zu.«

»Nein, ich will zugucken!«

Jamal sah zu Tamia Davis hinüber, die an der Wand lehnte.

»Los jetzt!« Dwayne drehte sich um und verschwand im Lagerraum.

Jamal musterte die grinsenden Gesichter ringsum und bekam einen trockenen Mund. Tito stand ganz hinten. Jamal wollte ihn bitten, dafür zu sorgen, daß die anderen draußen blieben, aber er bekam kein einziges Wort heraus. Er hatte keine Angst vor Dwayne, sagte er sich. Er hatte nicht mal Angst davor, Prügel zu beziehen.

Im Lagerraum roch es muffig. Er wurde nicht mehr benutzt. Es gab nur noch einige alte, verstaubte Landkarten hier, die aufgerollt in der Ecke lehnten, und Schulbücher, die schon jahrelang nicht mehr verwendet wurden. Der Raum war zu klein, um als Klassenzimmer zu dienen, also wurde er hauptsächlich von älteren Schülern benutzt, die hier heimlich rauchten, da man von innen abschließen und das kleine Fenster öffnen konnte, damit der Rauch abzog.

Es war Jamal, der den Riegel vorlegte.

»Wieso schließte denn ab, du Blödmann?«

Dwayne schob sich so nah an Jamal heran, daß sie sich an der Brust berührten. Dwayne ist sich seiner Sache nicht sonderlich sicher, überlegte sich Jamal. Sonst würde er anfangen zu kämpfen, statt groß das Maul aufzureißen.

Jamal stieß Dwayne weg, und Dwayne landete einen Schlag, der direkt auf Jamals Nase landete und ihn rückwärts gegen die Tür warf.

Einen Augenblick lang wirbelte ihm der Kopf, und noch bevor er wieder klar wurde, schlug Dwayne ein zweites Mal zu. Jamal griff blind nach seinem Gegner, spürte einen weiteren Schlag im Gesicht und bekam dann einen von Dwaynes Armen zu fassen.

Er hielt ihn fest, so gut es ging, während Dwayne auf seinen Hinterkopf eintrommelte. Als er versuchte, wie letztes Mal Dwaynes Bein hochzureißen und ihn so zu Fall zu bringen, wich Dwayne aus und boxte ihn in den Rücken.

Jamal machte rasch einen Schritt rückwärts und hob die Hände als Deckung.

Wie ein Boxer kam Dwayne wieder auf ihn zugetänzelt.

»Jetzt haste Muffe, was?« Dwaynes Gesicht war wutverzerrt.

Als er angriff, trat Jamal nach ihm und traf ihn am

Bein. Dwayne wirbelte herum und landete einen Karatetritt auf Jamals Magen.

Jamal blieb die Luft weg, die Beine gaben unter ihm nach, und ihm war, als müsse er sich übergeben, während er rückwärts taumelte. Dwayne kam schon wieder an, riß das Bein hoch und wollte wieder nach Jamal treten, aber er rutschte aus, stürzte und landete hart auf der Schulter.

Jamal sah sich um. Dort, auf dem Regal, gleich über Dwayne, stand die Tüte. Als er sich auf Dwayne stürzen wollte, gab ihm der von unten einen Tritt. Im Fallen holte Jamal zu einem Schlag aus, traf aber daneben. Dwayne kugelte weg, sprang auf und nahm wieder eine Karatestellung ein.

Dwayne hatte keine Ahnung von Karate, und Jamal wußte das auch. Der Tritt von vorher war nur ein Glückstreffer gewesen. Jamals Gesicht fühlte sich an, als sei es gerade dabei, von dem ersten Schlag auf die Nase anzuschwellen, und als er sich den Mund abwischte, war Blut an seinen Fingern.

Dwayne ging schon wieder auf ihn los und holte zu einem Tritt aus. Jamal stürzte sich auf ihn, der Tritt traf ihn seitlich am Bein, aber er bekam Dwayne am Kopf zu fassen. Er zerrte daran und versuchte, seinen Gegner zu Boden zu werfen, doch diesmal war es Dwayne, der Jamals Bein packte und hochriß.

Jamal spürte, wie er das Gleichgewicht verlor und nach hinten umfiel. Er griff nach Dwayne und erwischte auch einen Moment lang sein Hemd, bevor er endgültig stürzte. Während er fiel, schlug Dwayne noch einmal zu und wich dann zurück. Jamal sah, daß er ihm das Hemd zerrissen hatte.

Rasch erhob sich Jamal wieder. Dwayne war gerade dabei, sein kaputtes Hemd auszuziehen.

»Das wirste mir bezahlen, du Schwein!« Dwayne atmete heftig.

Jamal griff nach oben, schnappte sich die Tüte und zog die Pistole heraus.

Dwayne stand vor dem Fenster, weshalb Jamal sein Gesicht nur verschwommen sehen konnte. Er hob die Pistole und zielte.

»Die ist doch gar nicht echt«, sagte Dwayne.

»Komm nur her«, gab Jamal zurück. Er schmeckte Blut im Mund. »Dann kannste dich von überzeugen, daß sie's ist.«

Dwayne rührte sich nicht.

Jamal hielt die Pistole auf ihn gerichtet. Er hörte seinen eigenen Atem und den von Dwayne, der sogar noch lauter war. Dwayne hatte Mühe, überhaupt Luft zu kriegen. Vielleicht hab ich ja noch eine Chance, den Kampf zu gewinnen, überlegte sich Jamal.

»Mit der kannste höchstens Knallplättchen schießen«, sagte Dwayne.

»Komm her, dann wirste's schon sehn!«

Dwayne stellte sich aufrecht und sah Jamal an.

»Die ist nicht echt, weiß ich genau.«

»Die Scorpions geben sich nicht mit Spielzeugpistolen ab«, antwortete Jamal.

»Du bist doch kein Scorpion, im Leben nicht.«

»Ich bin ihr Chef.«

Jemand trommelte gegen die Tür, und Billy rief, er wolle reinkommen.

Jamal machte einen Schritt vorwärts, hob die Pistole und zielte auf Dwaynes Gesicht.

»He! Jamal . . .« Dwayne versagte die Stimme. Er wich zurück und hob die Hände vor die Brust.

Jamal zitterte. Sein Herz raste. Er sah die Angst in Dwaynes Augen. Er ging immer weiter auf ihn zu und beobachtete, wie sein Gegner, der größer war als er selbst, die Hände vors Gesicht hob und dann an der Wand herunterrutschte, bis er auf dem Fußboden landete.

Jamal trat Dwayne gegen das Bein. Einmal, zweimal,

fest und fester. Dwayne schützte sich den Kopf mit den Händen.

»Bitte nicht!« flehte er und kugelte sich zu einem Ball zusammen.

Jamal trat ihn in die Seite, daß ihn die große Zehe schmerzte. Gerade wollte er mit dem anderen Fuß weitermachen, doch dann bremste er sich.

»Nächstes Mal leg ich dich um, Mann«, sagte er. Er ging rückwärts, nahm die auf dem Boden liegende Tüte und steckte die Pistole wieder hinein. Dann sah er zu Dwayne zurück, der immer noch in der Ecke lag. Inzwischen heulte er. Jamal wandte sich ab.

Billy und die anderen warteten vor dem Lagerraum.

»Er blutet im Gesicht!« Tamia Davis kicherte.

Jamal drängte sich durch die kleine Gruppe seiner Mitschüler und hielt auf die Treppe zu.

Das Bein tat ihm weh, und er stolperte auf dem Weg nach unten.

»Jamal!« erklang hinter ihm Titos Stimme.

Jamal blieb nicht stehen. Ihm liefen die Tränen herunter, während er zwischen anderen Kindern hindurchging, die auf dem Weg in die Kantine waren. Dann trat er durch die Tür und hinaus auf den Schulhof.

»Hast du einen Berechtigungsschein?« rief ihm ein Lehrer aus einer der unteren Klassen nach.

Jamal ging weiter, über den Schulhof und hinaus auf die Straße.

Ihm war selber nicht klar, warum er Richtung Boots-Anlegestelle ging. Erst als er die 96. Straße hinter sich ließ, merkte er, wie kalt es war.

Er mußte an Dwayne denken. Was würde er erzählen? Vielleicht ging er zu Mr. Davidson und meldete, Jamal hätte eine Schußwaffe. Jamal sagte sich, es sei ihm egal.

Er zog in Betracht, nicht nach Hause zu gehen, nie mehr nach Hause zu gehen. Ab jetzt würde er draußen leben auf der Straße. Vielleicht konnte er sich nach Chicago durchschlagen oder so. Vielleicht sogar nach Kalifornien.

Er weinte. Dwayne war schuld, er war an allem schuld. Jetzt mußte er fortgehen und würde Mama und Sassy nie mehr wiedersehen. Doch, würde er. Vielleicht würde er warten, bis Randy aus dem Gefängnis kam, und erst dann zu ihnen zurückkehren. Sie würden ihn gar nicht wiedererkennen. Er hätte einen Anzug an, ein weißes Hemd, eine Krawatte.

Eine Schulklasse war im Park und spielte Fußball, Jungen gegen Mädchen. Jamal sah ihnen ein Weilchen zu. Die Mädchen schlugen sich ganz gut, was vermutlich daran lag, daß die Jungen ziemlich schlechte Fußballspieler waren, wie er sich dachte.

Der Wind begann stärker zu blasen, und er zitterte. Ob er wohl doch nach Hause gehen sollte? Er brauchte was zum Überziehen. In der Schule war inzwischen vermutlich die Polizei, also konnte er nicht hin, um seine Jacke zu holen. Daheim hatte er noch eine alte. Vielleicht konnte er sich in die Wohnung schleichen, solange keiner da war. Er würde einen Zettel hinterlassen.

Als er darüber nachzudenken begann, was er schreiben wollte, mußte er wieder weinen. Er wollte nicht weg von zu Hause, aber ihm fiel nichts anderes ein. Er hatte Gerüchte gehört, wie es in den Gefängnissen und Erziehungsanstalten zuging. Dort rotteten sich die Älteren gegen die Jüngeren zusammen, um sie zu verprügeln und anschließend zu vergewaltigen.

Er zitterte. Ein junger Mann ging vorbei. Als sein Blick auf Jamal fiel, beschleunigte er die Schritte.

Immerhin hatte er ja keinen umgebracht. Vielleicht würden sie ihn gar nicht ins Gefängnis stecken. Vielleicht ließ man ihn auf Bewährung laufen oder so, und möglicherweise kam er ja sogar mit einer Verwarnung davon. Mr. Davidson würde ihn von der Schule verweisen, und er würde sich einen Job suchen müssen.

Ein Häufchen trockener Blätter war auf den Fußweg geweht worden, die er nun raschelnd unter den Füßen zertrat.

Auch was er mit der Pistole tun sollte, wußte er nicht. Sollte er sie wegwerfen? Aber wenn ihn die Bullen holen kamen, würden sie ihn zwingen, sie dahin zu bringen, wo er sie weggeworfen hatte.

Ein katastrophales Durcheinander. Am Morgen war er aus dem Haus gegangen, und alles war noch so einigermaßen in Ordnung gewesen, und jetzt war überhaupt nichts mehr in Ordnung. Ob es Randy wohl ebenso ergangen war? War er vor dem Feinkostladen gestanden und hatte gedacht, alles ginge ganz glatt und er hole sich nur das Geld dort? Dann war irgend etwas schiefgelaufen, ein Mann war tot, und sein ganzes Leben war verpfuscht.

Laufend mußte Jamal an die Prügelei denken. Immer wieder durchlebte er die Szene im Lagerraum noch einmal. Er hatte keine Chance gegen Dwayne. Dwayne war älter und stärker als er. Selbst wenn er, Jamal, einige Schläge landen konnte, würde Dwayne trotzdem gewinnen. Dwayne hielt sich für einen mordsmäßigen Helden. Aber von dem Helden war nicht mehr viel übrig gewesen, als er gesehen hatte, daß die Schußwaffe echt war. Selbst Indian hatte einen Rückzieher gemacht. Wenn man eine Schußwaffe besaß, ließen einen die Leute in Ruhe. Vielleicht war es ja nicht richtig, so ein Ding zu besitzen, aber es stimmte, daß sie einen dann in Ruhe ließen.

Es wurde kälter. Ein alter Mann und eine Frau, die untergehakt des Weges kamen, hielten sich am Hals die Mäntel zu. Jamal dachte daran, zur 42. Straße runterzugehen. Er wußte, daß er in der Gegend um den Times Square aufs Klo gehen konnte, um sich dort im Spiegel anzusehen.

Zwei Frauen, beide in Jogging-Anzügen, gingen auf den Pier* hinaus, der wie ein Finger ins Wasser ragte, und blieben dort bei einem Boot stehen. Eine davon hielt eine große weiße Einkaufstasche in der Hand.

Jamal wünschte sich, er hätte ein Boot. Er wünschte sich, er würde die beiden Frauen kennen. Wenn er zum Bekanntenkreis der beiden Frauen gehören würde, wäre alles anders, sein ganzes Leben. Vermutlich wäre er ebenfalls Bootsbesitzer, und die beiden würden ihn bitten, sie auf eine Fahrt mitzunehmen. Dwayne würde er gar nicht kennen. Vermutlich hätte er seine Ausbildung mit einem Diplom abgeschlossen und würde viele Plätze kennen, die man mit dem Boot ansteuern konnte.

Die beiden Frauen gingen auf eines der Boote und verschwanden in der kleinen Kajüte. Jamal überlegte sich, was sie da drin wohl tun würden. Vielleicht unterhielten sie sich über den Präsidenten oder darüber, wo sie als nächstes hinfahren würden.

Vor Jamal gingen zwei Halbwüchsige vorbei. Der eine sah aus wie ein Spanier. An den Seiten war sein Haar kurz geschnitten, hinten hatte er einen Zopf.

Der andere war ebenfalls Spanier, oder vielleicht war es auch schlicht und einfach ein Farbiger. Sie blieben beim Geländer stehen und sahen auf die Boote hinaus. Der Farbige starrte zu ihm herüber. Jamal griff in seine Tüte und legte die Hand auf die Pistole, doch da gingen die beiden weiter.

Er faßte den Entschluß, jetzt wirklich zur 42. Straße runterzulaufen. Als er aufstand und sich auf den Weg machen wollte, war ihm so, als riefe einer seinen Namen. Zuerst dachte er, er hätte sich getäuscht, doch dann drehte er sich um und entdeckte Tito, der ihm zuwinkte.

* Landungssteg

11

»Wie kommst 'n du hierher?«

»Ich hab dich aus der Schule weggehn sehn – Dwayne hat überall rumerzählt, du wärst 'n Scorpion. Haste ihm das unter die Nase gerieben?«

Jamal sah seinen Freund an. »Was erzählt er sonst noch?«

»Du hättst 'n abknallen wollen«, sagte Tito. »Was haste jetzt vor?«

»Wissen alle Bescheid?«

»Hauptsächlich die, die vorm Lagerraum rumhingen. Hast du den Kampf gewonnen oder er?«

»Er vermutlich«, antwortete Jamal. »Hat er erzählt, ich hätt ihm im Lagerraum mit dem Ballermann gedroht?«

»Ja, er hat ganz schön zittrige Knie gehabt, als du verschwunden bist«, erklärte Tito. »Alle sagen, du hättst ihn gewaltig in die Mangel genommen, aber ich hab gesehn, wie du ausgesehn hast, als du rausgekommen bist.«

»Wie kamste denn auf die Idee, ich könnt hier unten bei den Booten sein?«

»Weil wir ja ab und zu mal herkommen«, erklärte Tito. »Ich war bei dir zu Haus, aber dort war keiner.«

»Du bist also früher von der Schule weg?«

»Ja, bin ich.« Tito grinste.

»Was meinste wohl, was jetzt passieren wird?«

»Wenn der Dwayne den Lehrern erzählt, daß du 'ne Pistole in die Schule mitgebracht hast, wirste gewaltigen Stunk kriegen.«

»Ich hab mir überlegt, ob ich nicht abhaun soll.«

»Alle haben sich drüber unterhalten, sie hätten gar nicht gewußt, was für 'n knallhartes Bürschchen du bist und daß du zu 'n Scorpions gehörst«, sagte Tito. Er sah zu Boden, während er sprach. »Alle, außer Tamia.«

»Und was hat die gesagt?«

»Daß du kein Scorpion wärst, im Leben nicht.«

»Was meinst 'n du, was ich jetzt machen soll?«

»Haste Angst vorm Heimgehn?«

»Ich hab keine Angst«, sagte Jamal.

»Dann geh heim.«

»Tito, wie wär's denn, wenn du die Pistole nehmen würdst?«

»Du meinst, ich soll sie mitnehmen zu mir nach Haus?« Tito sah überrascht aus.

»Ja.«

»Haste Lust, das Ding erst mal auszuprobieren?«

»Nö, Mann.« Jamal schüttelte den Kopf. »Ich hätt um ein Haar auf 'n Dwayne geschossen.«

»Umgebracht hättste ihn?«

»Wenn er . . .«

Tito drehte ruckartig den Kopf weg und sah hinaus auf den Fluß. Das kannte Jamal. Wenn die Dinge schlecht liefen, oder wenn Jamal etwas sagte, was Tito nicht hören wollte, dann drehte er ruckartig den Kopf weg, damit Jamal sein Gesicht nicht sehen konnte.

»In Wirklichkeit hab ich nicht mal auf 'n gezielt«, korrigierte Jamal, wußte aber ganz genau, daß ihm Tito nicht glauben würde.

Tito drehte sich nicht um.

Auf dem Fluß trieb ein Frachtkahn vorüber, der von einem schwarzroten Schlepper gezogen wurde. Jamal konnte jemand im Steuerhaus erkennen, der aussah wie eine Frau. Er beobachtete sie ein Weilchen, wie sie regungslos dastand, dann drehte er sich wieder zu Tito um.

»Du hast doch nicht wirklich gedacht, daß ich einen damit erschießen würd, oder?«

»Willste sie nicht lieber wegwerfen?«

»Ich denk mir, wir sollten sie dem Mack zurückgeben«, sagte Jamal.

»Und was ist, wenn's der Dwayne dem Schulleiter steckt?« fragte Tito.

»Meinste, er tut's?«

»Nö.«

»Nimmste sie mit zu dir?« fragte Jamal.

»Sollen wir sie nicht erst mal ausprobieren?«

»Na gut.«

Es wurde dunkler. Die Luft war so frisch, daß sie auf der Haut prickelte. Möglich, daß es regnen wird, dachte Jamal. Sie gingen downtown, bis sie am Park anlangten.

Am Eingang war eine Treppe, die zu einem Weg hinunterführte, der sich ein Stück weit an der Parkmauer entlangzog. Am Fuß der Treppe blieben sie stehen.

»Willste als erster?« fragte Jamal.

»Ja.«

»Also los«, sagte Jamal. »Du mußt dieses Ding da nach oben stellen, dann kannste schießen.«

Tito schaute sich um, dann sah er auf die Pistole hinunter, die ihm Jamal reichte.

»Ist die schwer!« sagte er.

»Na los, mach schon!«

Tito hielt sie auf Armeslänge von sich ab, kniff die Augen fest zu und drückte ab. Nichts passierte. Nun legte er beide Hände an den Abzug und versuchte es noch einmal.

Die Waffe schlug in Titos Hand nach oben, als sich der Schuß löste. Tito starrte Jamal mit weit aufgerissenen Augen an.

»Steck sie wieder in die Tüte!« befahl der.

Tito gehorchte rasch.

»Verdammt, die hat uns gesehen!«

Als sich Tito umdrehte, sah er eine schlanke Frau, die stocksteif und totenblaß mit einem kleinen, weißen Hündchen an der Leine an einem Laternenpfahl lehnte.

»Komm!« Tito zog Jamal am Arm.

Jamal rannte hinter ihm her und die Treppe hinauf.

Er machte nur ein einziges Mal halt, um zu der Frau zurückzusehen. Wie angenagelt stand sie immer noch am gleichen Fleck.

»Mama, wie schreibt man *Sekretärin*?« fragte Sassy.

»Wie willste denn mal Sekretärin werden, wenn du nicht mal weißt, wie man das schreibt?« fragte Mama.

»Will ich gar nicht werden«, sagte Sassy. »Ich werd höchstens in den Ferien mal als Aushilfssekretärin arbeiten. Die wollen wissen, was ich in den Ferien tun will.«

»Du wirst keinen Job kriegen, egal was für einen, weil du nämlich nicht alt genug bist«, sagte Jamal.

»Immerhin ist sie alt genug, um ihre Jacke anzuziehn, wenn sie von der Schule kommt«, entgegnete Mama. »Und du hast mir immer noch nicht erklärt, warum der Tito heut nachmittag deine Jacke gebracht hat, so kalt wie's draußen war.«

»Wir haben bloß Quatsch gemacht, sonst gar nix«, antwortete Jamal.

»Und warum haste heut abend keinen Hunger gehabt?«

»Halt so.«

»Und wieso haste so 'n geschwollenes Auge?«

»Hab ich dir doch gesagt. Hab mich geprügelt«, sagte Jamal.

»Soso. Tja, muß 'ne mächtige Prügelei gewesen sein, wenn du deine Jacke in der Schule lassen mußtest«, sagte Mama.

»Wenn die Sassy von Zeit zu Zeit mal die Klappe halten könnt, dann wär alles okay«, erklärte Jamal.

»Die Sassy will damit nur ihren Familiensinn zeigen«, sagte Mama. »Daran ist nix auszusetzen, wirklich nicht.«

Als Jamal um halb sieben abends heimgekommen war, hatte Sassy Mama schon erzählt, Tito sei dagewesen und hätte Jamals Jacke gebracht. Aber am meisten Sorgen machte ihm, was Dwayne in der Schule erzählt haben mochte. Wenn er Mr. Davidson das mit der Pistole gemeldet hatte, dann rief der die Polizei, davon war Jamal überzeugt.

Jeder Schritt vor der Wohnung, jeder Schritt unten im Flur klang so, als müsse es die Polizei sein. Jamals Magen fühlte sich an wie ein Stein. Mama hatte erzählt, sie sei in einem anderen spanischen Laden gewesen, um dort Mehlbananen zu kaufen, und der Besitzer, ein gewisser Mr. Gonzales, hätte gesagt, er bräuchte eine Aushilfe für nachmittags.

»Geh mal dort vorbei«, hatte sie gesagt. »Vielleicht haste ja Glück.«

Jamal hatte genickt und gesagt, er würde am nächsten Tag nach der Schule hingehen. Mama warf ihm einen Blick zu und erkundigte sich, ob ihm irgendwas fehle. Jamal sagte nein, aber er wußte, daß sie ihm nicht glaubte.

Er schlief nicht gut. Die ganze Nacht über hörte er Geräusche im Hausflur. Er mußte daran denken, wie damals die Polizei gekommen war, um Randy zu holen. Sie hatten alle geschlafen, Randy auf der Couch und er bei Sassy im Zimmer. Dann hörten sie es laut an der Tür klopfen, und er war rausgekommen, um nachzusehen, was los war. Mama stand mitten im Wohnzimmer. Jamal folgte ihrem Blick und sah, wie Randy seine Jeans überstreifte und hastig in die Turnschuhe schlüpfte.

Mama hatte nichts gesagt; sie sah nur schweigend Randy an. Jamal wußte nicht, was los war, aber daß es etwas mit Randy zu tun hatte, war klar.

Wieder wurde laut gegen die Tür geklopft, und jemand schrie, sie sollten öffnen, Polizei. Mama hatte sich immer noch nicht gerührt. Randy hatte inzwischen seine Schuhe zugebunden und fragte Mama, ob sie Geld für ihn hätte.

Mama antwortete nicht. Es war, als wüßte sie, daß die Polizei da war, um Randy abzuholen. Das war Teil ihres Lebens, es gehörte dazu, wenn man hier in der Gegend wohnte, wenn man an schmierigen Einkaufsläden wie dem von Mr. Evans vorbeiging.

Wenn man in diesem sozialen Umfeld lebte, dann stellte man irgendwann mal was an, und dann kam einen die Polizei holen.

Randy war zum Fenster gelaufen und hatte es aufgerissen.

Von der Wohnungstür her erklang ein lautes Krachen, dann brach sie splitternd auf. Einen Augenblick später kamen zwei uniformierte Polizisten und zwei andere Männer hereingestürzt. Sie hatten ihre Schußwaffen gezogen und fuchtelten damit herum.

»Da ist er!« rief einer der Polizisten. Er war schwarz. Er rannte zum Fenster, zielte nach draußen und schrie Randy zu, er solle zurückkommen. Als Randy wieder hereingeklettert kam, hatte er einen seiner Turnschuhe verloren. So hatten sie ihn mitgenommen – nur mit seiner Hose bekleidet und mit einem einzigen Schuh an den Füßen.

Am Morgen war ein Kakerlak in den Cornflakes. Jamal versuchte sich daran zu erinnern, wann er das letzte Mal Gift gestreut hatte. Mußte er mal wieder tun.

»Warum gibt's denn Kakerlaken immer bloß bei armen Leuten?« wollte Sassy wissen.

»Bei den Reichen gibt's die genausoviel wie bei den Armen«, widersprach Mama. »Das kann jedem passieren, New York City ist voll von Kakerlaken. Drüben auf der Park Avenue gibt's auch welche. Und Ratten obendrein.«

»Man kriegt nur immer welche bei 'n armen Leuten zu sehn«, beharrte Sassy.

»Haste vor, die Cornflakes zu essen?« fragte Jamal.

»Ich eß doch keine Cornflakes, wo Kakerlaken drin rumkrabbeln!«

»Schmeißt die Schachtel weg!« befahl Mama. »Du kannst dir ja Toast machen, Herzchen.«

»Der Jamal hat gestern Rosinenbrot gebracht«, sagte Sassy. Wenn sie lächelte, konnte man ihre Grübchen besser sehen. »Also ich find, daß die Rosinen genauso aussehn wie Kakerlaken!«

»Und ich find, daß *du* wie 'n Kakerlak aussiehst«, gab Jamal zurück.

»Wie kannste denn bloß so was über die Lippen bringen, Jamal Hicks?« schimpfte seine Mutter.

»Er ist ungebildet, daran liegt's«, meldete Sassy. »'n ungebildetes Kind kannste immer an dem Quatsch erkennen, den wo's von sich gibt.«

»Du bist's, wo ungebildet ist«, konterte Jamal.

»Jamal, gehste heut rüber zu Mr. Gonzales und fragst ihn wegen dem Job?« erkundigte sich Mama. »Damit könnteste dir 'n Taschengeld verdienen.«

»O.k., ich geh gleich nach der Schule hin.«

Der erste, auf den Jamal in der Schule stieß, war Darnell, ein Schüler aus Mr. Perrys Klasse. Mit der Mütze schief auf dem Hinterkopf stand er im Korridor.

»Stimmt's, daß du 'ne Pistole besitzt?« wollte er wissen.

»Nö, stimmt nicht«, antwortete Jamal.

»Hab ich den andern auch gesagt«, meinte Darnell. »Dem Dwayne war's bloß peinlich, daß du ihn verdroschen hast.«

»Hat er behauptet, ich hätt 'ne Knarre?«

»Ja, hat er.«

»Er lügt.«

»Stimmt's, daß du 'n Scorpion bist?« wollte Darnell wissen.

»Kommste vom F.B.I. oder was?«

»Nö, Mann, ich bin Detektiv in ›Miami-Vice‹ und befaß mich in meiner Freizeit mit Verbrechen, die hier in Harlem begangen werden.«

Jamal ließ Darnell einfach stehen.

Später, als sie gerade bei Mrs. Rich Unterricht hatten,

erkundigte sich Tamia, ob er auf Dwayne geschossen hätte. Jamal sagte nein, hätte er nicht. Dwayne sagte gar nichts. Er sah Jamal nicht mal an.

Jamal hätte gern gewußt, was Dwayne erzählt hatte und wem er es erzählt hatte. In der Pause sah er ihn mit Jerry Whaley reden und fragte sich, ob er Jerry wohl dazu überreden wollte, sich ihn, Jamal, vorzuknöpfen. Jerry war der Brutalste von der ganzen Schule. Er war zweimal in der Erziehungsanstalt gewesen und war auch schon mal in eine Messerstecherei verwickelt. Jamal wußte, daß die beiden über ihn sprachen, weil sich Jerry umdrehte und in seine Richtung sah.

An diesem Tag war Lehrerversammlung und somit am Nachmittag schulfrei. Nur Darnell und Tamia sprachen die Sache mit der Pistole an. Auch Dwayne erwähnte keiner, bis Jamal bei Mrs. Mitchell im Klassenzimmer eintraf. Dort kam Christian auf ihn zu und sagte, Dwayne wolle sich draußen mit ihm treffen.

»Willste dich wieder mit ihm prügeln?« erkundigte sich Christian.

»Wenn er's will, dann muß ich's wohl«, sagte Jamal.

Jetzt hatte Jamal zum ersten Mal Angst vor Dwayne. Er wußte nicht so recht, was sich inzwischen verändert hatte, wie es kam, daß er sich nun plötzlich vor ihm fürchtete, aber er tat es. Er spürte, wie sein Herz schneller schlug und sein Mund trocken wurde. Er mußte an die Prügelei von gestern denken. Vielleicht war es so, weil er nun wußte, daß er Dwayne nicht besiegen konnte. Aber bisher hatte ihm das nichts ausgemacht. Ob Dwayne sich auch eine Pistole besorgt hatte?

Tito wartete vor Jamals Klassenzimmer und forderte ihn auf, er solle mit ihm nach Hause kommen. Jamal sagte, er sei mit Dwayne verabredet.

»Was haste vor?«

»Keine Ahnung«, antwortete Jamal. »Möglicherweise bringt er Jerry Whaley mit.«

»Will der sich auch noch mit dir prügeln?«
»Keine Ahnung.«
»Ich werd auf deiner Seite mitkämpfen«, sagte Tito.
»Du kannst doch gar nicht kämpfen.«
»Na und?«
»Falls die zu zweit über mich herfallen, werd ich's ihnen besorgen.«
»Wie?«
»Keine Ahnung.«

Billy Ware wartete mit Dwayne an der Ecke. Jerry Whaley war nirgends zu sehen. Aber Tamia, ihre Schwester und Darnell waren auch gekommen.

»Was wollt ihr?« fragte Jamal.

»Ich hab mir überlegt, ob ich nicht zur Polizei gehn und melden soll, daß du 'ne Pistole hast«, sagte Dwayne.

Jamal drehte sich um. Er atmete langsam durch den Mund ein.

»Mein ich ernst«, fügte Dwayne hinzu.

Jamal war klar, daß er es ernst meinte, aber er spürte auch, daß Dwayne seiner Sache mal wieder nicht so sicher war. Wenn er wirklich zur Polizei hätte gehen wollen, dann hätte er es einfach getan. »Du willst dich wohl unbedingt mit 'n Scorpions rumschlagen, was?« erkundigte sich Jamal.

»Ich will mich bloß mit dir rumschlagen.« Dwayne trat von einem Fuß auf den anderen.

»Tu, was du nicht lassen kannst«, sagte Jamal. »Aber überleg dir gut, worauf du dich da einläßt.«

Jamal drehte sich auf dem Absatz um und ging.

»Na los, gib ihm Saures, Dwayne!« rief Darnell.

Jamal drehte sich um, aber Dwayne hatte sich nicht von der Stelle gerührt.

»Ich kenn deine Mutter nicht.« Mr. Gonzales war gerade dabei, die Gläser im Regal so zu ordnen, daß man die Etiketten lesen konnte.

»Doch«, sagte Jamal. »Sie war gestern hier und hat Mehlbananen gekauft.«

»'ne ziemlich füllige Dame?«

»Ja. Sie hat gesagt, Sie bräuchten wen, der nachmittags aushilft.«

»Bist du ein anständiger Junge?«

Jamal grinste. Aber als er Mr. Gonzales ansah, wurde ihm klar, daß der alte Mann seine Frage ernst gemeint hatte.

»Ja, ich bin okay«, sagte er.

»Dann werd ich's mal mit dir versuchen«, sagte Mr. Gonzales und legte Jamal die Hand auf die Schulter.

12

Am Samstag war Jamals erster Arbeitstag. Er sollte von zehn bis eins den Kunden ihre Einkäufe nach Hause liefern und außerdem im Laden helfen.

»Du kriegst fünfzehn Dollar von mir«, hatte Mr. Gonzales gesagt. »Dazu kommen dann noch die Trinkgelder. Aber mach bloß keine frechen Bemerkungen.«

Jamal teilte zweitausend durch fünfzehn und kam auf einhundertdreiunddreißig. Wenn er nur samstags arbeitete, würde er mehr als zwei Jahre brauchen, bis er das Geld für Randys Berufung zusammenhätte.

»Angenommen, du schaffst jeden Tag dort. Wie lang würd's dann dauern?« fragte Sassy.

»Mr. Gonzales braucht nicht jeden Tag wen«, sagte Mama. »Ich bin schon zufrieden, wenn uns Jamal nur 'n bißchen aushilft.«

Jamal dachte an andere Dinge, die er mit zweitausend Dollar kaufen konnte. Für ein neues Auto reichte es nicht, aber einen Gebrauchtwagen konnte er von dem Geld kaufen.

»Mama, kannste eigentlich Auto fahren?«

»Klar kann ich das«, sagte Mama.

»Wenn ich wirklich zweitausend Dollar zusammenbekäm, dann könnten wir uns 'n Auto kaufen.«

»Wofür brauchen denn wir 'n Auto?« fragte Mama.

Jamal zuckte die Achseln. Schon allein der Gedanke an ein Auto ließ ihn lächeln, und er sah sich schon damit herumfahren. In zwei Jahren war er erst fünfzehn und immer noch zu jung für den Führerschein, aber er würde Mama fahren lassen. Er säße dann neben ihr auf dem Beifahrersitz und Sassy hinten. Vielleicht würden sie in den Norden von New York fahren, um Randy zu besuchen. Randy würde ihn im Auto sitzen sehen, aber nicht auf dem Beifahrersitz, sondern hinter dem Steuer.

Zwischen zehn und halb elf trug Jamal Einkäufe aus. Er bekam fünfundzwanzig Cent von einer Frau, ein alter, magerer Mann, der am Stock ging, gab ihm einen Dollar. Wenn Jamal nicht für Lieferantendienste gebraucht wurde, mußte er kartonweise Konserven aus dem Keller holen und sie in die Regale einräumen.

Es tat ihm gut, einen Job zu haben. Er zeigte den Kunden bereitwillig, wo das Brot sei, oder sagte ihnen, wieviel ein Paket Frankfurter Würstchen kostete. Er wußte nicht über alles Bescheid, aber meistens konnte er aushelfen, und er fühlte sich gut dabei, daß er es war, den die Leute fragten.

Es kam eigentlich nicht oft vor, daß sich die Kunden ihre Einkäufe heimtragen ließen. Aber als eine Frau, die einen ganzen Karton voll schwerem Kram eingekauft hatte, Jamal bat, ihn für sie zu tragen, ließ er ihn unterwegs beinah fallen.

Erst versuchte er, den Karton auf der Schulter zu tragen, aber das war schnell schmerzhaft. Dann versuchte er, ihn auf dem Kopf zu balancieren, wie er es bei ein paar Afrikanern im Fernsehen gesehen hatte, was sogar noch schlimmer war. Der Kopf tat ihm grauenhaft weh dabei, außerdem bekam er schon allein davon, daß er den Karton oben festhielt, taube Arme. Jamal sagte aber nichts, weil er seinen Job unbedingt behalten wollte.

»Du bist der schwächste Junge, der mir je begegnet ist.« Die dunkelhäutige, stark geschminkte Frau wischte sich den Schweiß ab, der ihr über die Schläfen herunterlief. »Bist du auf Drogen?«

»Nein, Ma'am.«

»Warum bist du dann so schwächlich?«

»So schwächlich bin ich auch wieder nicht«, sagte Jamal und versuchte, aufrechter zu gehen.

Sie kamen vor dem Mietshaus in der 123. Straße an, in dem die Frau wohnte. Als Jamal nach oben blickte, sah er, daß es vier Stockwerke hatte.

»Gibt's 'nen Fahrstuhl hier?«

»Wieso? Bist du faul oder was?«

»Hab ja bloß gefragt.«

Die Frau sagte nichts, sondern ging den Flur entlang bis zur Treppe. Jamal folgte ihr.

Das Treppensteigen war wirklich hart. Auf dem Weg bis zum ersten Absatz ließ er den Karton zweimal fast fallen. Dann probierte er eine neue Technik aus. So schnell er konnte, kletterte er fünf Stufen hoch, stellte dann den Karton kurz ab, ruhte einen Augenblick aus und begann von neuem.

»Wenn irgendwas kaputtgeht, mußt du's bezahlen«, sagte die Frau.

»Ja, Ma'am.«

Sie wohnte im vierten Stock, wo sie Jamal den Karton auf den Küchentisch stellen ließ. Dann nahm sie ein Glas mit Münzen vom Herd und schüttelte eine heraus.

Jamal nahm die Münze in Augenschein. »Zehn Cent?«
»Willst du es nicht haben?«
Jamal nahm das Geld, machte kehrt und wollte gehen.
»Und wenn ich Mr. Gonzales das nächste Mal sehe, werde ich ihm raten, dich zu feuern, weil du nicht kräftig genug bist.«
Jamal schüttelte den Kopf und zuckte die Achseln. »Ja, Ma'am.«
»Komm noch mal her, Junge«, befahl die Frau. Sie nahm wieder das Glas und schüttelte es so lange, bis sie einen Dollar zusammenhatte, den sie Jamal gab.
»Danke.« Jamal strahlte.
»Aha! Jetzt kannst du plötzlich die Zähne zeigen, was?«
Jamal lief, so schnell er konnte, die Treppe hinunter. Die Frau hatte recht – er war wirklich nicht sonderlich kräftig. Aber wenn er jetzt öfter Kartons schleppte, würde er bestimmt um einiges stärker werden.
Bis es Mittag wurde, war alles ausgeliefert, und er mußte sich nur noch um den Laden kümmern. Mr. Gonzales hatte viele Bekannte, die ihn hier besuchen kamen. Meistens saßen sie herum und spielten Domino. Jedesmal, wenn sie etwas haben wollten, mußte Jamal es ihnen bringen. Mr. Gonzales wollte nicht mal mehr die Kunden bedienen, also erledigte Jamal auch das. Von seinem ganzen Job gefiel ihm das am besten.
»He! Du malochst hier?« Jamal stand gerade auf einer Leiter und war damit beschäftigt, Spaghettipackungen ins Regal zu räumen. Er sah nach unten und blickte auf Blood, der in seiner Scorpion-Kluft neben dem Kassentisch stand.
»Ja, manchmal«, sagte Jamal.
»Hab nich gewußt, daß du 'nen Job hast«, sagte Blood. »Nich schlecht.«
»Ist nix dabei«, sagte Jamal. »Was willste haben?«
»Gib mir 'n Slim Jim und 'ne Packung Kools«, befahl Blood.

Jamal nahm das in Plastik eingeschweißte Rindswürstchen aus dem Kasten auf dem Ladentisch und fischte die Schachtel Zigaretten aus dem Gestell über der Kasse. Er warf einen Blick zu Mr. Gonzales hinüber, um festzustellen, ob er ihn beobachtete. Er tat es aber nicht.

»Macht 'nen Dollar siebzig«, sagte Jamal.

»Muß ich 'm Indian erzählen, daß du hier malochen tust«, sagte Blood und legte zwei Dollar auf den Ladentisch. »Er hat dich nämlich schon gesucht.«

»Wieso?«

»Wirste schon erfahren, wenn du ihm übern Weg läufst, Klappergestell.«

Blood packte das Würstchen aus und warf die Verpakkung auf den Ladentisch. Dann nahm er sein Wechselgeld und die Zigaretten und ging.

Jamal schluckte mühsam. Mr. Gonzales spielte immer noch Domino. Er hatte Blood gar nicht gesehen. Aber sobald Indian erfuhr, daß er hier arbeitete, würde es Stunk geben. Das wußte Jamal.

Sonntag nach der Kirche kam Tito vorbei. Sassy war draußen, und Mama saß am Fenster und unterhielt sich mit Mrs. Bellinger, die unten auf der Straße stand.

»Jamal, da kommt der Tito!« sagte Mama. »Sieht ja aus wie's Leiden Christi.«

Jamal quetschte sich in die Lücke zwischen seiner Mutter und dem Fensterrahmen. Unten schlich Tito an der Hausmauer entlang und ließ den Kopf hängen.

»Ich geh runter«, sagte Jamal.

»Aber nicht in deinem Anzug, das sag ich dir!«

»Ich bring nix dran.«

»Weiß ich, weil du ihn nämlich ausziehen tust, bevor du runtergehst«, sagte Mama.

Jamal ging in Sassys Zimmer, holte seine Klamotten aus der untersten Kommodenschublade und begann sich umzuziehen.

Er zog seine alte Hose und die Turnschuhe an, doch dann fiel ihm ein, daß ihn Mama sonntags nicht in Turnschuhen nach draußen gehen ließ, also machte er sich auf die Suche nach seinen Schulschuhen. Den einen hatte er schon an, und gerade war er dabei, in den zweiten zu schlüpfen, als Tito an die Tür klopfte.

»Was ist 'n passiert?« flüsterte Jamal.

»Abuela hat die Pistole gefunden.«

»Mann!« Jamal holte tief Luft. »Was hat sie gesagt?«

»Ich soll verschwinden, hat sie gesagt.« Titos Augen waren rot. »Sie würd nicht mal mehr für mich beten, hat sie gesagt.«

»Und wo ist sie jetzt? Die Pistole, mein ich?«

»Jamal?« Mama hievte sich zum Fenster herein. »Was fehlt denn dem Tito?«

»Gar nix.«

»Gar nix? Daß ich nicht lache!« Mama setzte sich in den Polstersessel. »Tito! Komm mal her zu mir, mein Junge!«

Tito rührte sich nicht. Mama legte die Hände auf die Armlehnen und stemmte sich hoch. Dann ging sie zu Tito hinüber, der neben der Tür stand, die in Sassys Zimmer führte, und die Wand anstarrte. Sie legte die Arme um ihn und zog ihn an sich.

»Was ist 'n passiert, Herzchen? Du weißt doch, daß du's mir erzählen kannst.«

»Abuela hat gesagt, ich soll verschwinden und mich nie mehr bei ihr blicken lassen«, sagte Tito.

»*Was* hat sie gesagt?«

»Ich soll mich nie mehr« – Tito zitterte am ganzen Leib – »bei ihr blicken lassen.«

»Jamal, hast du mit dieser Sache was zu tun?« fragte Mama.

»Nö, ich war doch hier.«

»Tito, Schatz, horch mal her. Manchmal . . . komm mit rüber zum Fenster, damit ich dich angucken kann.«

Mama nahm Titos Hand und zog ihn mit zum Sessel. Dann setzte sie sich und zog ihn an sich, bis er halb saß und halb gegen sie lehnte.

»Tito, manchmal müssen wir Frauen strenger mit euch jungen Bürschchen sein, als wir's eigentlich wollen. Das weißt du, und ich weiß es auch. Ich und deine Oma, wir versuchen unser Bestes, aber der Himmel weiß, daß es schwer ist. Wir sagen Sachen, die wir gar nicht meinen, weil's einfach zu weh tut, wenn wir das sagen, was wir wirklich meinen. Alles wird gut werden, weil dich deine Abuela mehr liebt als ihr eigenes Leben.«

Jamal trat von einem Fuß auf den anderen.

»Soll ich ihn heimbegleiten?« fragte er seine Mutter.

»Was haste denn angestellt, Tito, Junge?«

»Gar nix.«

»Tja, wenn's so was Schlimmes war, daß dich deine Oma vor die Tür gesetzt hat, dann wirste's mir wohl auch nicht erzählen wollen.«

Jamal sah, wie seine Mutter Titos Augen musterte, dann beugte sie ihr Gesicht ganz nah vor seins, wobei sie lächelte, damit ihm nicht auffiel, daß sie an seinem Atem schnupperte.

»Jamal, haste Hunger?« Mama zwinkerte Jamal zu.

»Nein, Ma'am.«

»Junge, du hast wirklich nicht die Spur . . . tja, essen mußte was, so oder so. Setzt euch an den Tisch, während ich dir und Tito was zu futtern richt.«

Jamal und Tito setzten sich an den Küchentisch. Jamal ließ Tito nicht aus den Augen. Tito hielt den Kopf gesenkt.

Lautlos bat Jamal seinen Freund, seiner Mutter nichts von der Pistole zu erzählen, die Abuela gefunden hatte.

Mama richtete zwei Teller mit Ochsenschwanz, Brechbohnen, Pellkartoffeln und brauner Soße.

Als Sassy heimkam, sah sie gleich, daß Tito geweint hatte.

»Was haste denn?« fragte sie.

»Halt den Mund!« befahl Mama.

Nachdem sie gegessen hatten, fragte Mama Tito, ob sie ihn heimbegleiten solle. Er sagte nein, also befahl sie Jamal, er solle mitgehen.

»Mach dir keine Sorgen, Schatz«, sagte sie. »Deine Oma wird sich freun, wenn sie dich wiedersieht, weil sie dich lieb hat. Was nicht heißt, daß sie nicht wütend ist wegen dem, was du angestellt hast, aber lieb hat sie dich trotzdem noch. Wenn sie dich nämlich nicht liebhätt, dann hätt sie keinen Grund, bös zu sein auf dich.«

»Meinste, deine Oma hat die Polizei angerufen?«

Tito zuckte die Achseln.

»Wir müssen die Knarre wiederkriegen«, sagte Jamal.

»Vielleicht hat Abuela sie weggeschmissen«, meinte Tito.

»Haste ihr erzählt, wo ich sie herhab?«

»Nö.«

»Was haste ihr denn erzählt?«

»Ich hätt sie in der Schule gefunden«, antwortete Tito.

»Also haste gar nix von mir verlauten lassen?«

»Nö, hab ich nicht.«

»Mann . . .«

»Sie hat angefangen Spanisch zu reden und alles«, erzählte Tito. »Dann fing sie an zu beten, und dann hat sie gesagt, ich solle verschwinden und mich nie mehr blicken lassen. Sie sagte, sie hätt nicht –«

Tito begann wieder zu weinen.

»Wo ist er denn jetzt, der Ballermann?«

»Im Kühlschrank.«

»Im Kühlschrank? Wieso hat sie das Ding denn in den Kühlschrank gelegt?«

»Weiß nicht. Sie hat's in der Hand gehalten, als wär's 'ne Giftschlange oder so. Als würd sie's gar nicht anrühren wollen.«

»Du könntest ja sagen, du würdst die Pistole wieder an dich nehmen, um sie wegzuschmeißen«, schlug Jamal vor.

»Ich will sie überhaupt nicht mehr erwähnen.«

»Wieso nicht?«

»Abuela hat geweint«, erklärte Tito. »Ich kann sie nicht weinen sehn, Jamal. Wenn sie weint, wird mir ganz anders, und ich muß innerlich auch heulen. Und dann ist mir's ganz grauenhaft zumut.«

»Tito, wir müssen die Pistole wiederkriegen«, sagte Jamal. »Wenn sie das Ding zur Polizei bringt, dann sind wir vielleicht gezwungen . . . weiß nicht.«

»Was haste also vor?«

»Ich werd das Ding wieder an mich nehmen.«

»Du darfst Abuela nix tun . . . ich laß nicht zu, daß du ihr weh tust!«

»Hab ich auch nicht vor. Wie kommste denn auf die Idee, ich könnt ihr was tun?« erkundigte sich Jamal wütend. »Wie kommste denn auf die Idee?«

Inzwischen waren sie bei Tito zu Hause angelangt und gingen schweigend die Treppe hinauf. Tito heulte wieder.

»Ich hab keinen Schlüssel, Jamal.«

Jamal zuckte die Schultern. »Vielleicht sag ich ihr, ich hätt 'nen Kumpel bei der Polente und dem könnt ich sie geben und dann wär alles okay.«

»Wie willste ihr denn so 'nen Bären aufbinden?« fragte Tito. »Sie merkt doch, daß de lügst.«

»Was sollen wir denn sonst machen?«

»Nix als Probleme haben wir gehabt mit diesem Ding.«

Als sie vor der Wohnungstür ankamen, setzte sich Tito auf den Fußboden. Jamal schwieg. Er wartete nur darauf, daß sich sein Freund wieder beruhigte.

Eine Weile blieb Tito bewegungslos sitzen. Jamal ging schließlich zur Tür und drückte sanft dagegen.

»Tito!« flüsterte er heiser.

Tito schaute zu ihm hin und sah, daß die Wohnungstür offenstand.

Er erhob sich, stieß sie leise auf, ging hinein und sah sich um. Jamal folgte ihm dicht auf den Fersen. Keine Spur von Abuela.

»Vielleicht ist sie weggegangen«, flüsterte Jamal.

Tito ging zu ihrem Zimmer. Er legte das Ohr an die Tür, dann gab er Jamal ein Zeichen. Abuela war drinnen und betete.

Jamal ging zum Kühlschrank und machte ihn auf. Da, neben einem zugedeckten Teller, lag die Pistole. Sie war kalt und schien jetzt sogar noch schwerer zu sein. Er steckte sie in seine Jackentasche.

Schon einen Augenblick später war er aus der Wohnung draußen und hielt auf die Treppe zu. Dort blieb er stehen und sah zu Tito zurück, der ihm durch den Türspalt nachstarrte.

Jamal ging noch mal in die Wohnung zurück und drückte Titos Hand.

»Verschwinde, Jamal!« flehte Tito. »Bevor Abuela rauskommt.«

»Tito, du bist mein bester Freund auf der ganzen Welt«, sagte Jamal.

Dann ging er. Er wollte noch mehr sagen, fand aber die Worte nicht.

Lange bevor er bei der St. Nicholas Avenue angelangt war, sagte er sich, daß kein Weg daran vorbeiführte: er würde die Pistole wegwerfen müssen. Aber der andere Teil in ihm wußte genau, daß er es doch nicht tun würde.

13

Was die Klassenarbeit in Sozialkunde betraf, so hatte Jamal bei keiner einzigen Frage gewußt, ob er sie richtig beantwortete. Es ging um den Siebenjährigen Krieg* und den Krieg von 1812–1814**. Er erinnerte sich vage daran, daß Mr. Hunter über diese Kriege gesprochen hatte, aber es hatte sich nicht sonderlich interessant angehört. Er war nicht der einzige, der alles falsch hatte. Christian war es genauso ergangen. Deshalb saßen sie jetzt beide im Vorzimmer des Schulleiters. Oswaldo Vazquez war ebenfalls da.

»Was hast 'n du angestellt?« fragte ihn Christian.

»Ich hab im Englischunterricht 'n durchgekautes Papierkügelchen nach 'nem Mädchen geschmissen«, erklärte Ozzie. »Bloß hat es sich geduckt, und ich hab den Lehrer getroffen.«

»Man hätt das Mädchen ebenfalls zum Direx rufen müssen«, befand Christian. »Weil es sich geduckt hat.«

Mr. Davidson rief alle drei gemeinsam herein.

»Christian, du wirst eine Woche lang nachsitzen«, sagte er, ohne aufzusehen. »Oswaldo, für dich gilt dasselbe. Ihr könnt jetzt beide gehen, aber sorgt dafür, daß ihr euch ab heute nachmittag zum Nachsitzen meldet.«

»Wie lang müssen wir jeweils bleiben?« erkundigte sich Christian.

»Bis man euch sagt, daß ihr heimgehen könnt«, antwortete Mr. Davidson.

»Meine Mutter will wissen, was ich nach der Schule

* 1756–1763: Siebenjähriger Krieg in Amerika. Engländer und Franzosen kämpften um ihre dortigen Kolonien.
** 1812–1814: Krieg zwischen Amerika und England, mit dem Ziel, Kanada zu erobern.

treibe«, erklärte ihm Christian. »Also muß ich Bescheid sagen, sonst kann ich nicht bleiben.«

»Ihr werdet eine halbe Stunde nachsitzen«, sagte Mr. Davidson. »Jetzt könnt ihr gehen.«

Als Christian und Oswaldo verschwunden waren, deutete Mr. Davidson auf die Holzbank in seinem Büro. Jamal ging hin und setzte sich.

Die Schulglocke ertönte, dann wurde die Morgendurchsage gemacht: »Alle, die ihr Anmeldeformular für den Schulausflug noch nicht abgegeben haben, werden aufgefordert, dies bis Mittwoch zu tun . . . Diejenigen, die dem Schachclub beitreten wollen, sollen sich um zwei Uhr in Zimmer 308 versammeln. Holt dazu die Erlaubnis eurer Klassenlehrerin oder eures Klassenlehrers ein . . . Die Volleyballmannschaft der Mädchen macht heute nachmittag in der Sporthalle ihr erstes Probespiel. Erscheint in Turnschuhen.«

Es läutete zur nächsten Unterrichtsstunde, und Jamal hörte Geschlurfe draußen in den Korridoren. Mr. Davidson arbeitete einige auf seinem Schreibtisch liegende Papiere durch, ohne Jamal anzusehen.

»Mr. Davidson.« Mrs. Rose kam vom Vorzimmer herein. »Dwayne ist hier.«

Dwayne trat mit einer großen, breitschultrigen Frau ein. Sie trug eine Brille, sah aber ansonsten genauso aus wie Dwayne. Jetzt schaute sie zu Jamal hinüber und ließ ihren Blick auf ihm ruhen.

Jamal wich ihm nicht aus.

»Ist er das?« fragte sie.

Dwayne nickte.

»Bist du so gut und erzählst uns deine Geschichte noch einmal, Dwayne?«

Mr. Davidson stülpte die Kappe auf den dicken Rotstift, den er in der Hand hielt, und lehnte sich in seinem Stuhl zurück.

»Er hatte 'ne Pistole«, murmelte Dwayne leise.

»Ich will die ganze Geschichte hören«, sagte Mr. Davidson.

»Ich verstehe nicht, warum die Polizei nicht da ist«, sagte die Frau.

»Mrs. Parsons.« Mr. Davidson nahm seine Brille ab. »Wenn ich Beweise habe, daß die Anschuldigungen der Wahrheit entsprechen, dann werde ich die Polizei rufen. Ich kann sie nicht rufen, nur weil einer der Schüler irgendwelche Behauptungen aufstellt. Ganz einfach.«

»Dieser Junge hat meinen Sohn mit einer Waffe bedroht, und Sie können die Polizei nicht rufen?« Mrs. Parsons stand auf.

»Vielleicht können Sie sich eine Verleumdungsklage leisten, indem Sie den Jungen einer Sache beschuldigen, die er in Wirklichkeit gar nicht getan hat«, sagte Mr. Davidson. »Ich kann es nicht riskieren, die Schule in eine solche Lage zu bringen.«

Mrs. Parsons saugte an ihren Zähnen und wartete den Blick ab.

»Erzähl weiter, Dwayne«, befahl Mr. Davidson.

»Er hat mich im Unterricht blöd angemacht, und dann haben wir uns im Lagerraum geprügelt.« Dwayne flüsterte fast. »Und plötzlich hat er 'ne Pistole gezogen.«

»Jamal?«

»Alle von unsrer Klasse können Ihnen bestätigen, daß es Dwayne war, der *mich* blöd angemacht hat. Er sagte, er wolle mich im Lagerraum verprügeln. Zuerst haben wir draußen gegeneinander gekämpft, und dann, am nächsten Tag, sagte er, er wolle mich im Lagerraum verprügeln. Da können Sie jeden fragen.«

»Und was ist im Lagerraum passiert?«

»Wir haben uns geprügelt.«

»Und war eine Waffe mit im Spiel?« fragte Mr. Davidson.

»Nein, es war keine Waffe mit im Spiel«, antwortete

Jamal. »Dwayne hat bloß 'ne Wut gekriegt, weil ich ihm das Hemd zerrissen hab.«

»Wieso sollte mein Sohn behaupten, dieser Jamal hätte eine Schußwaffe gehabt, wenn es gar nicht stimmt?« fragte Mrs. Parsons.

Jamal konnte sehen, daß sie wütend war.

»Wieso wollte er sich überhaupt mit mir prügeln?« erkundigte sich Jamal.

»Mit dir habe ich nicht gesprochen!« Mrs. Parsons wurde lauter.

»Es ist das Prinzip unserer Schule, keine voreiligen Anschuldigungen zu machen«, sagte Mr. Davidson.

»Es ist das Prinzip Ihrer Schule«, gab Mrs. Parsons zurück, »kein Aufsehen zu erregen. Ich schicke meinen Sohn nicht hierher, damit er von diesem oder irgendeinem anderen Ganoven erschossen wird. Ich werde heute nachmittag bei einem Rechtsanwalt vorsprechen.«

»Das ist zweifellos Ihr –«

Dwaynes Mutter erhob sich und stürmte zur Tür hinaus. Unterwegs rief sie nach ihrem Sohn. Dwayne stand auf und verschwand, ohne einen Blick auf Jamal zu werfen.

»Du bringst morgen vormittag deine Mutter mit in die Schule«, befahl Mr. Davidson. »Und falls nicht, dann wirst du dich jeden Tag unten in die Schulkantine setzen, bis du es tust. Hast du mich verstanden?«

»Sie kann nicht kommen«, wandte Jamal ein. »Sie muß arbeiten.«

»Dann wirst du eben in der Kantine sitzen müssen«, sagte Mr. Davidson. »Bei dir spielt es ja sowieso keine Rolle, ob du am Unterricht teilnimmst oder nicht. Du gehst also jetzt in die Kantine und meldest dich dort bei Mr. Singh. Ich werde ihn anrufen, damit er Bescheid weiß.«

Zu Mr. Singh wurde man geschickt, wenn man wirklich in der Patsche saß.

Manche von den Älteren behaupteten, er würde die Kinder verprügeln, doch das glaubte Jamal nicht. Aber daß er groß, stark und gemein war, das wußte er. Er hatte mal beobachtet, wie Mr. Singh ein Kind zum Weinen brachte.

»Kann ich statt dessen in den Kunstraum runtergehen?«

»In den Kunstraum? Hast du denn gar nichts begriffen?«

»Ich hab keine Pistole in die Schule mitgebracht!«

»Das hoffe ich sehr«, sagte Mr. Davidson. »Nicht deinetwegen, weil ich nicht glaube, daß du dich noch ändern wirst. Aber ich halte zuviel von dieser Schule, um zuzulassen, daß du sie für alle anderen hier kaputtmachst.«

»Wieso wollen Sie meine Mutter sprechen?«

»Ich hoffe sehr, daß ich sie vielleicht, vielleicht dazu überreden kann, dich hier von der Schule zu nehmen, um dich in einer anderen unterzubringen, die für Kinder mit schwerwiegenden Problemen gedacht oder so ausgerichtet ist, daß du wenigstens nicht alle anderen anstecken kannst«, erklärte Mr. Davidson. »Und jetzt gehst du auf der Stelle hinunter in die Kantine!«

Jamal ging hinunter in den ersten Stock zu seinem Klassenzimmer, holte seine Jacke aus dem Schrank und verließ die Schule.

»Jamal!« rief Sassy aus ihrem Zimmer.

»Was ist?«

»Heut hat 'ne Frau aus deiner Schule angerufen und hat gesagt, du wärst mitten am Tag einfach verschwunden.«

»Hat sie das Mama gesagt?«

»Nö, mir.«

»Und was haste geantwortet?«

»Ich hab gesagt, wir wüßten Bescheid, unsere Mama wär daheim gewesen, als du gekommen wärst.«

»Und was hat die Frau dann gesagt?«

»Irgendwas – was, weiß ich nicht mehr. Wieso biste denn einfach weg in der Schule?«

»Weil sie mich rumschikanieren dort.«

»Willste's der Mama erzählen?«

»Nö, und du darfst auch nix verlauten lassen. Alles klar?«

»Mama hat gesagt, der Tito hätt geheult, als er Sonntag gekommen ist.«

»Der Tito ist okay.«

»Wollt ihr zwei von zu Haus abhaun?«

»Nö. Schlaf jetzt.«

Abuela war krank. Tito sagte, zuerst hätte sie nur nicht mit ihm reden wollen, aber dann hätte er gemerkt, daß sie krank sei.

»Nicht mal nach der Pistole hat sie gefragt«, sagte Tito. Sie gingen unter der Hochbahn entlang, die auf dem Broadway entlanglief.

»Vielleicht ist sie einfach noch sauer«, wandte Jamal ein.

»Nein, krank ist sie«, sagte Tito. »Komm mit zu mir.«

Es war fast sieben, als sie bei Tito ankamen. Sie gingen hinein und setzten sich in die Küche. Tito sah sich um und deutete dann auf Abuelas Schlafzimmer.

»Geh rein und guck nach, wie's ihr geht!« befahl Jamal.

Tito sah Jamal lange an, dann stand er auf und ging ins Schlafzimmer seiner Großmutter.

Jamal warf einen Blick auf die Wanduhr. Darüber war eine Karte an die Wand geklebt, auf der die Zeiten der Gottesdienste zu lesen waren.

Bei Tito sah es ganz anders aus als bei ihm daheim. Alle Möbel schienen älter zu sein, sahen aber wirklich schön aus. Auf einem dunklen Holzschränkchen stand ein mit Bleistiften gefüllter Becher. Auch die Teller, die jeden Tag benutzt wurden, kannte Jamal. Sie waren weiß und hatten dünne rote Ränder. Aber es gab auch noch andere, die Abuela schon Jahre zuvor aus Puerto Rico mitgebracht hatte. Auf diesem Geschirr waren eine Frau und ein Mann abgebildet, die beide aussahen, als stammten sie aus George Washingtons Zeiten. Nur hatten sie dunkles Haar, und der Mann trug eine Violine.

Jamal sah ein Blatt Papier auf dem Schränkchen liegen. Als er entdeckte, daß es auf beiden Seiten leer war, holte er sich einen Bleistift aus dem Becher und machte sich daran, den Mann und die Frau nachzuzeichnen.

Er war gerade mit einer der beiden Gestalten fertig, und sie war ihm auch ganz gut gelungen, als Tito wieder aus dem Schlafzimmer herauskam. Abuela war bei ihm.

»Tag.« Jamal stand auf.

»Tag, Jamal.« Abuelas Stimme war schwach. »Wie geht es dir?«

»Gut.«

»Hast du was gegessen?«

»Ja, vorher«, sagte Jamal. »Wie fühlen Sie sich?«

»Nicht sonderlich gut. Aber ich bin ja auch nicht mehr die Jüngste, weißt du.«

»Hoffentlich geht's Ihnen bald wieder besser«, sagte Jamal.

»Zeichnest du?« Abuela nahm Jamals Zeichnung und setzte sich hin.

»Ja, Ma'am.«

»Bilder! Kleine Jungen malen Bilder. Ich will, daß das Tito auch tut. Daß er Bilder malt wie ein kleiner Junge.«

»Der Tito kann doch gar nicht malen«, sagte Jamal grinsend.

»Schon gut.« Die alte Frau erhob sich und ging wieder zu ihrem Zimmer.

»Fehlt Ihnen was, Abuela?«

»Müde bin ich«, sagte sie. »So müde.«

»Willst du irgendwas haben, Abuela?« erkundigte sich Tito.

Die beiden Jungen sahen zu, wie sie zur Tür ging, dort stehenblieb und sich umdrehte. »Jamal, sag mir, daß der Tito ein braver Junge ist.«

»Der Tito ist immer brav«, bestätigte Jamal. »Er stellt nie was an. Wirklich nicht.«

»Das ist gut.«

Als Jamal das nächste Mal zu Mr. Gonzales ging, warteten dort Indian und Angel auf ihn. Indian saß auf dem Ladentisch, Mr. Gonzales stand mit einem Baseballschläger in der Hand mitten im Raum.

»Sind das Freunde von dir?« erkundigte sich Mr. Gonzales mit einem Blick auf Indian.

»Was wollt ihr hier?« fragte Jamal die beiden.

»Ich will wissen, was jetzt Sache is«, sagte Indian. »Wenn du bei 'n Scorpions King sein willst, dann mußte auch regieren, Mann. Dann kannste nich nur groß die Klappe aufreißen. Dann mußte gucken, daß du was bringst. Bringste was oder bringste nix?«

Jamal sah zu Mr. Gonzales hinüber, der immer noch mit seinem Baseballschläger in der Hand dastand.

»Ich will keinen Stunk hier im Laden«, sagte Jamal.

»Jaja, oo-kay, vermutlich fragste dich jetzt, was da am Laufen is oder so, aber ich werd dir sagen, was da am Laufen is. Der Indian is nu der King, Baby. Das ist's, was ich dir sag. Schnallste's?«

»Red weiter.«

»Der Typ mit 'n vielen Scheinchen braucht 'n paar Beinchen, getickt? Also müssen wir mal bequaken, wer nu King spielt, damit der Mann klar sieht.«

»Jetzt kann ich nicht reden«, sagte Jamal.

»Alles klar, Baby, dann gib mir Bescheid, wenn du reden kannst. Aber mach 'n bißchen voran, Mann, weil's mir nämlich pressiert.«

Indian nahm eine Handvoll Schokoriegel vom Ladentisch. Es war offensichtlich, daß er high war. Jamal sah zu, wie er vom Ladentisch rutschte und langsam mitten durch den Laden ging. Bei dem kleinen Tischchen, wo immer noch die anderen Dominospieler saßen, blieb er stehen und stieß den Spieltisch um.

Indian verließ den Laden als erster. Unterwegs streifte er einen kleinen Jungen, der mit einer Flasche unterm Arm hereinkam. Angel blieb in der Tür stehen, formte die Hand zu einer Pistole und tat so, als drücke er sie zweimal auf Jamal ab.

»Dein Bruder ist erledigt, Mann«, sagte er. »Du bist der nächste.«

Jamal machte keine Einwände, als Mr. Gonzales sagte, er müsse gehen. Er konnte ihm nicht mal einen Vorwurf machen. Als Mr. Gonzales Anstalten machte, Jamal seinen Lohn auszuhändigen, versuchte ihn einer der Dominospieler daran zu hindern.

»Gib ihm nichts«, sagte er. »Hast du gesehen, was die sich genommen haben, ohne auch nur einen einzigen Cent dafür zu bezahlen?«

»Ich will ihm nichts schuldig bleiben«, wandte Mr. Gonzales ein.

Er reichte Jamal einundzwanzig Dollar.

»Hör mal her, Junge.« Dem Mann mit der bräunlich getönten Haut versagte fast die Stimme. »Diese beiden Bürschchen werden früher oder später im Gefängnis landen. Sieh zu, daß du dich von denen fernhältst.«

Jamal verließ den Laden. Auf dem Weg nach draußen stopfte er die einundzwanzig Dollar in die Tasche. Es war das erste Mal, daß er einen Job hatte und dafür bezahlt wurde, und jetzt war der Job beim Teufel. Indian und Angel waren einfach angekommen und hatten dafür gesorgt, daß sich sein Job in Luft auflöste. Sie waren größer und stärker als er, härter im Nehmen. Jamal wußte es, und sie wußten es auch. Die ganze Welt wußte es, sogar die Dominospieler im Laden. Wenn Mr. Gonzales keine

Lust gehabt hätte, ihm das Geld zu geben, dann hätte er es genausogut behalten können. Jamal blieb an der Ecke stehen und schlug so lange mit der Faust auf die Hausmauer ein, bis er die Schmerzen nicht mehr aushielt.

14

Sobald Jamal zu Hause die Wohnungstür aufmachte, wußte er, daß da etwas nicht stimmte. Die Lichter waren aus, und Sassy saß im Dunkeln.

»Wo ist 'n die Mama?«

»Im Krankenhaus«, sagte Sassy. »Die sind mit dem Messer auf den Randy los.«

Jamal sah Sassy an, ging zur Wohnungstür zurück und überzeugte sich, daß abgeschlossen war. Was seine Schwester da sagte, machte überhaupt keinen Sinn.

»Wie kann denn jemand mit dem Messer auf ihn los sein, wo er doch im Knast hockt?«

»Dort ist es passiert.«

»Geht es ihm okay jetzt?«

»Keine Ahnung. Sie haben vom Gefängnis aus hier angerufen, und Mama hat sich sofort auf 'n Weg gemacht. Sie hat vier Dollar dagelassen, damit wir uns was zu essen kaufen können. Sie hat gesagt, wenn sie heut abend nicht heimkäm und wenn irgendwas schieflaufen würd, sollen wir bei Mr. Stanton anrufen.«

»Hat sie sich arg aufgeregt?«

»Ja, hat sie.«

»Meinen sie, daß der Randy die Sache vielleicht nicht überleben könnt?«

»Keine Ahnung. Ich hab 'nen Teil vom Geld ausgegeben.«

»Von den vier Dollar?«

»Ja. Ich hab was zum Abendessen gekauft.«

»Wieviel Geld hat die Mama noch für sich selber gehabt?«

»Keine Ahnung. Soll ich Abendessen machen? Ich kann's.«

»Dann tu's.«

Sassy stand auf, machte Licht und begann zu kochen. Jamal schaltete den Fernseher an. Er wollte nicht an Randy und an dessen Stichverletzungen denken. Er wollte an gar nichts denken, was seiner Familie so zustieß. Es kam ihm so vor, als hätten sie – Mama, Sassy und er – keinerlei Einfluß darauf, was anderen passierte, ja nicht einmal darauf, was ihnen selbst zustieß. Die Dinge geschahen einfach.

Ganz klein fühlte er sich. Klein und schwach. Er versuchte, sich aufs Fernsehprogramm zu konzentrieren, wo es um irgendwelche Weißen ging, die irgendwann in der Vergangenheit gelebt hatten. Auch ein paar Jungen waren dabei, und Jamal fragte sich, ob er bei einer Prügelei mit irgendeinem von ihnen hätte fertig werden können. Er hatte keine Ahnung. Jeder konnte zu ihm sagen, was er wollte, konnte ihm antun, was er wollte. Er glaubte nicht mal, daß es daran lag, daß er noch kein Mann war. Die meisten Männer, die er kannte, waren auch nicht gerade Helden, sie hatten alle nur eine große Klappe.

Jamal mußte an Angel und an Indian denken. Vielleicht wußten die beiden, daß Randy schwerverletzt im Krankenhaus lag. Was hatte Angel gesagt? *Dein Bruder is erledigt, Mann. Du bist der nächste.* Dann hatte er so getan, als schösse er auf ihn. Jamal hatte keine Lust, gegen einen der beiden zu kämpfen. Und selbst wenn, dann hätte er niemals gewinnen können. Er wurde ja nicht mal mit Dwayne fertig, und verglichen mit Indian und Angel war der ein kleiner Junge.

Es gab nicht viel, was er tun konnte. Er konnte nicht

für Mama sorgen, er wußte nicht, wie er Randy helfen sollte. Er hatte nicht mal sicherstellen können, daß Indian und Angel aus Mr. Gonzales' Laden verschwanden, und jetzt war er sogar seinen Job los. Und damit hatten sich auch all seine Pläne, was das Sparen betraf, in Luft aufgelöst.

Sassy drehte die Flamme unter dem Hähnchenfleisch niedriger. »Weißte was? Neulich hab ich den Darnell getroffen, und der hat mich gefragt, ob du wirklich der King von 'n Scorpions wärst.«

»Bin ich.«

»Er hat auch gesagt, du hättst 'ne Pistole in die Schule mitgebracht.«

»Ich hab keine Waffe in die Schule mitgebracht.«

»Er hat gesagt, du hättst dich mit wem geprügelt und hättst 'ne Pistole gezogen.«

»Der Darnell erzählt 'nen Haufen Märchen.«

»Irgendwann wirste mal in der Tinte sitzen, genau wie der Randy.«

»Wieso denn? Bloß weil der Darnell lügt wie gedruckt? Woher kennste den überhaupt?«

»Wenn du öfters mal in die Kirche kämst, dann würdste wissen, daß Mrs. Jenkins dem Darnell seine Oma ist.«

»Mrs. Jenkins ist dem Darnell seine Oma?«

»Ja, hab ich doch grad gesagt.«

»Wußt ich nicht.«

»Haste wirklich 'ne Pistole?«

»Nö, ich hab doch grad gesagt, daß ich keine hab.«

»Wo ist sie?«

»Bis später.« Jamal stand auf, schnappte sich seine Jacke und hielt auf die Tür zu.

»Wenn sie hier in der Wohnung ist, dann werd ich sie finden, sobald du aus dem Haus bist.«

Jamal machte kehrt, warf seiner Schwester einen wütenden Blick zu und setzte sich auf die Couch. Sassy öffnete ein paar Tütchen mit Sojasoße und kippte sie über das Hähnchenfleisch.

»Ich hab mir schon überlegt, ob ich die Pistole nicht wegschmeißen soll«, sagte Jamal plötzlich.

»Ist es die, mit der unser Randy den Mann erschossen hat?«

»Weiß nicht.«

»Haste sie schon die ganze Zeit?«

»Der Mack hat sie mir gegeben.«

Sassy stellte Wasser für den Reis auf und wendete das Hähnchenfleisch. »Kann ich mir das Ding mal angukken?«

»Es ist bei Tito«, antwortete Jamal.

Sassy kochte das Abendessen fertig. Es gab Reis, Erbsen und gebratenes Hähnchen. Das Fleisch war zu salzig, aber man konnte es noch essen. Dann sahen sie ein Weilchen fern, bis Sassy am anderen Ende der Couch einschlief.

Jamal überlegte sich, was für Möglichkeiten er hatte. Sobald Sassy im Bett war, konnte er die Pistole heimlich aus der Couch holen und sie wegwerfen. Oder er konnte sie woandershin schaffen und sie verstecken. Oder vielleicht konnte er sie Mack bringen und ihm sagen, er hätte keine Lust, Bandenchef zu sein. Ja, das war's. Er würde die Pistole verstecken und dem Mack sagen, er hätte keine Lust mehr, bei den Scorpions mitzumachen.

»He, Sassy!«

Sassy rührte sich nicht. Jamal rutschte bis zum anderen Ende der Couch, wo sie sich an der Armlehne zusammengerollt hatte, und rüttelte sie sanft.

»He, Sassy!«

»Was ist?« murmelte sie.

»Sassy, wach auf!«

Sassy schlug die Augen auf, wischte sich mit dem Handrücken über den Mund und behauptete, sie hätte gar nicht geschlafen.

»Hör mal, Sassy, du mußt mir 'nen Gefallen tun. Okay?«

»Was für einen?« Sie hatte die Beine hochgezogen, doch jetzt stellte sie sie auf den Boden.

»Erzähl der Mama nix von der Pistole. Ich zieh heut nacht los und schmeiß sie weg. Okay?«

»Ich hab gedacht, du hättst gesagt, sie wär beim Tito?«

»Sei so gut und sag der Mama nix. Okay?«

»Wieso haste denn das Ding überhaupt hergebracht?«

»Haste vor, mich bei der Mama zu verpetzen?«

»Weiß ich nicht.«

»Sieht dir ähnlich«, sagte Jamal. »Erst erzählste ihr alles und regst sie auf, und wenn sie dann unglücklich ist und heult, dann kommste damit an, wie leid es dir tät.«

»Du bist's doch, der wo laufend was anstellt.«

»Bloß eins tu ich nicht – ich tu der Mama nicht absichtlich weh.«

»Vielleicht sag ich's ihr, vielleicht tu ich's aber auch nicht«, sagte Sassy.

»Du benimmst dich wie 'ne blöde Kuh. Auf jeden Fall verhältste dich so, als würdste nicht zur Familie gehören.«

»Du brauchst mir nicht an die Gurgel springen, bloß weil du 'ne Pistole hast.«

»Pistolen sind sicher weniger gefährlich als Menschen wie du.«

»Ich hab auf keinen geschossen.«

»Wenn die Leut nicht so viel gequatscht hätten übern Randy – Leut, die mordsmäßig ihr Maul aufreißen, so wie du –, dann säß er jetzt nicht im Knast.«

»Du hast doch gesagt, dir wär's egal, daß er sitzt!«

»Warum erzählste nicht der Mama, ich hätt's noch mal gesagt, damit sie sich noch mehr aufregen kann?«

Sassy fing an zu weinen.

»Du kannst ihr auch erzählen, ich hätt dich zum Heulen gebracht«, fügte Jamal hinzu. »Dann kriegt sie vielleicht ihre Kopfschmerzen, und dann kannste dich auch darüber mordsmäßig freun!«

Im Fernsehen lief ein blöder Film, der von einer Frau

handelte, die versuchte, in eine nur aus Männern besterende Basketballmannschaft einzutreten. Jamal hätte gern die Pistole aus der Couchritze geholt, um sie loszuwerden, bevor Mama heimkam, aber vor allem wollte er sicherstellen, daß Sassy den Mund hielt.

»Ich will dieses Ding wieder loswerden«, sagte er.

Sassy antwortete nicht.

»Ich hab's nur deshalb in die Schule mitgenommen, weil mich der Dwayne laufend rumschikaniert hat«, sagte Jamal. »Er ist größer als ich, viel größer.«

»Haste auf ihn geschossen?«

»Nö. Wirste's der Mama erzählen?«

»Der Darnell hat gesagt, du würdst rumtönen, daß du der King wärst von 'n Scorpions.«

»Der hält sich wohl für 'nen Nachrichtensprecher!« Jamal nahm das Kissen weg und tastete dann zwischen Sitz und Armlehne, bis er die Pistole fand. »Ich schaff sie mir jetzt vom Hals. Du kannst der Mama erzählen, was du willst.«

»Laß mal sehn!«

»Nö.«

»Wenn du mir das Ding nicht zeigst, dann sag ich ihr alles«, drohte Sassy.

»Tu, was du nicht lassen kannst«, gab Jamal zurück. »Vielleicht stecken sie mich dann auch in den Knast. Dann haste die ganze Wohnung für dich allein.«

Jamal zog die Jacke an und ließ gerade die Pistole in die Tasche gleiten, als er den Schlüssel in der Wohnungstür hörte. Er sah zu Sassy hinüber und ließ die Waffe blitzschnell wieder in der Couchritze verschwinden. Er schaffte es gerade noch, seine Jacke in den Schrank zurückzuhängen, als Mama hereinkam.

»Wie geht's dem Randy?« fragte Jamal.

»Sie denken, daß er's überleben wird«, antwortete Mama.

»Was ist 'n passiert?«

»Sie sind mit Messern auf 'n losgegangen und haben ihn schlimm zugerichtet«, sagte Mama. Sie war nicht gekämmt, und Jamal entdeckte eine kahle Stelle an der Seite, wo ihr Haar nur sehr spärlich wuchs.

»Er sagt, er wüßt nicht, wer's gewesen sei. Der Beamte hat gesagt, das würden sie immer behaupten, weil ihnen ja klar ist, daß sie anschließend im Gefängnis auch weiterhin mit denen leben müssen, die wo's getan haben.«

»Haste ihn gesehen, Mama?« wollte Sassy wissen.

»Hab ich. Er hat Schläuche und Verbände überall . . .«

Mama öffnete den Mund, und ein lautes Geräusch kam heraus. Es hörte sich nicht an wie Weinen. Es klang eher so, als käme es von einer großen, verwundeten Kreatur. Sassy fuhr ein bißchen zusammen. Jamal stand auf, ging zu seiner Mutter hinüber und legte die Arme um sie. Sah ihr gar nicht ähnlich, so laut herauszuweinen. Manchmal hatte er sie weinen hören, wenn sie allein im Schlafzimmer war, aber nie so laut wie jetzt.

Sassy stellte den Fernseher ab.

Mama machte tiefe Atemzüge und hielt sich an der Armlehne des Sessels fest, auf dem sie saß.

»Mama, fehlt dir was?« fragte Sassy.

»Nein, mir fehlt nix«, antwortete Mama. »Ich weiß nur eins, daß ich den Randy aus 'm Knast holen muß, bevor sie ihn umbringen. Ich weiß, daß ich ihn da rausholen muß.«

Draußen vor der Wohnung waren Schritte zu hören, und Jamal warf einen Blick zur Tür, um zu sehen, ob die Sicherheitskette vorgelegt war. Sie war es.

Dann wurde energisch geklopft.

»Ich hab Reverend Biggs gebeten, ob er nicht raufkommen und mit uns für 'n Randy beten würd heut nacht«, erklärte Mama.

Sassy ging zur Tür und fragte, wer da sei. Reverend Biggs' Stimme erschallte, und Sassy machte auf.

»Wie geht's denn Ihrem Jungen, Schwester Hicks?« Reverend Biggs war ein großer, schlanker Mann mit gelbbrauner Haut und breiten, etwas nach vorn gebeugten Schultern. Er trug eine Brille, deren Gläser so dick waren, daß seine Augen winzig klein wirkten, und seine Haare waren nie ordentlich gekämmt. Aber was Jamal an ihm mochte, das war seine Stimme. Sie war laut, tief und warm und schien den ganzen Raum zu füllen.

»Er kämpft um sein Leben, Reverend Biggs«, sagte Mama. »Ich hab einfach gehofft, ein Wort oder zwei mit dem Herrn könnten ihm helfen.«

»Nun, das kann ich verstehn.« Reverend Biggs zog seinen Mantel aus. »Und wenn ich versteh, wie's Ihnen zumut ist, dann versteht's auch der Herr.«

»Amen.«

»Erzählen Sie mir, was passiert ist.«

»Man weiß es gar nicht genau«, sagte Mama. »Es gab Streit im Gefängnis, und sie haben ihn grauenhaft zugerichtet. Mit Messern . . .«

»Die Gefängniswärter?«

»Nein, ein paar von den anderen Häftlingen«, erklärte Mama.

»Gnädiger Himmel!«

Jamal sah zu Sassy hinüber. Sie saß in der Nähe des Fernsehers, ließ aber Mama nicht aus den Augen. Wenn Mama nicht aufhörte zu weinen, würde auch Sassy anfangen, das war ihm klar.

»Wissen Sie, Reverend Biggs, mein Randy hat nie 'nen Weg so beschritten, wie er's eigentlich hätt tun sollen«, fuhr Mama fort. »Und ich weiß, daß er verurteilt worden ist, weil er einen umgebracht hat. Aber trotzdem ist er mein Fleisch und Blut.«

»Manchmal ist der Tropfen, den wir trinken müssen, bitter, Schwester, aber trinken müssen wir ihn trotzdem. Doch eins ist jetzt wichtig: sosehr Ihr Herz bei Ihrem Jungen im Krankenhaus sein mag, müssen Sie auch Ihre übrige Familie hier zusammenhalten. Wir können nicht zulassen, daß das Böse das Gute verdirbt.«

»Amen.« Mama weinte wieder.

»Manchmal, wenn die Zeiten hart sind, neigen wir dazu, nur noch die schlimmen Dinge zu sehen, die schwierigen Dinge, die uns nicht zur Ruhe kommen lassen, und wenden unsrer Stärke den Rücken zu.«

»Ich versuch ja, dafür zu sorgen, daß meine Kinder nicht vom rechten Weg abkommen«, sagte Mama.

Jamal erhob sich gerade soweit, daß er das Kissen, auf dem er saß, ein bißchen glattstreichen konnte.

»Wir werden ein kurzes Gebet für Randy sprechen und Gott bitten, ihm seine Gnade zu schenken. Kommt, wir gehn in die Küche, ihr bleibt dort eine Minute lang stehen«, sagte Reverend Biggs. »Ich glaub nicht, daß Gott Wert drauf legt, daß wir auf die Knie sinken. Sowieso sind es nicht unsre Knie, die ihm wichtig sind – es ist unser Herz, auf das er blickt.«

Jamal und Sassy gingen in die Küche. Jamal stellte sich neben den Kühlschrank, Sassy an den Herd.

»Senkt die Köpfe, Kinder.« Reverend Biggs setzte sich mit Mama an den Tisch und legte beide Hände auf die ihren.

»Herr Jesus, wir haben uns hier in Sorge und Schmerz um diese Mitternachtsstunde versammelt. Unsere Herzen sind schwer, und der Becher unsrer Seelen rinnt über vor Kummer.

Heut nacht, Herr, beten wir für die Familie unsrer Schwester Hicks. Nicht nur für ihren Jungen, dessen Los in Deiner mächtigen Hand liegt, sondern auch für die übrigen Familienmitglieder. Wir bitten Dich, Herr, ihnen allen das Leben zu lassen und sie zu beschützen.

Wir bitten Dich, Gnade über diese Familie walten zu lassen, damit ihre Herzen voll Frieden sind, den nur Du geben kannst.

Herr, nimm die schreckliche Last vom Herz dieser

Mutter. Mach, daß sie wieder Hoffnung schöpfen kann, Herr Jesus. Mach, daß sie erwartungsvoll in die Zukunft blickt, mach, daß sie ihre Kinder mit Stolz und Liebe betrachten kann, während sie älter wird.

Mach, daß sie und ihre Familie im Gebet und in der Tat den Weg zu Dir finden, und gib ihnen die Kraft, von nun an, da wir Dein mächtiges Gebet anstimmen, in Deiner Gnade weiterzuleben.

Vater unser im Himmel, geheiligt werde Dein Name. Dein Reich komme. Dein Wille geschehe, wie im Himmel, so auf Erden. Unser tägliches Brot gib uns heute. Und vergib uns unsere Schuld . . .«

Jamal sah zu Sassy hinüber. Seine Schwester hatte beide Augen geschlossen und hielt die Hände vors Gesicht gefaltet. Mama würde ihn heute nacht nicht mehr weggehen lassen, also würde er die Pistole morgen wegwerfen müssen.

». . . ich bin Ihnen wirklich dankbar, daß Sie heut nacht hergekommen sind, Reverend, und ein Gebet mit uns gesprochen haben«, sagte Mama. »Manchmal kommt es mir so hart vor, das Leben.«

»Ja, manchmal ist es hart, Schwester Hicks«, antwortete Reverend Biggs. »Und die Versuchung ist groß, das als Entschuldigung dafür zu nehmen, daß man schwächer wird.«

»Tja, wir werden so stark sein, wie wir können«, sagte Mama.

Als Reverend Biggs gegangen war, erkundigte sich Mama, ob sie etwas gegessen hätten. Sassy sagte ja, Jamal schwieg.

»Jamal, was ist 'n mit dir, Schatz?«

»Gar nix ist mit mir, Mama.«

»Ich kann's nicht vertragen, daß du schwach wirst, Jamal«, antwortete Mama. »Im Augenblick kann ich's nicht vertragen.«

»Mit mir ist alles in Ordnung, Mama«, sagte Jamal.

»Und du, Sassy? Wie geht's dir?«

»Solang's dir gutgeht, geht's mir auch gut, Mama.«

Jamal legte sich hin und schlief fast auf der Stelle ein. Als ihn Sassy weckte, dachte er zuerst, es wäre seine Mutter.

»Ich hab Mama nix von der Pistole erzählt«, sagte Sassy.

»Hab mir gedacht, daß du's für dich behalten würdst«, entgegnete Jamal.

»Jamal, haste 'n Randy arg gemocht?«

»Manchmal«, sagte Jamal. »Manchmal.«

»Manchmal hab ich 'n nicht sonderlich gemocht«, erklärte Sassy. »Weil er sich laufend rumgetrieben hat und so.«

»Ja, ich weiß, was du meinst.«

»Ich hoff bloß, daß ihn der liebe Gott nicht sterben läßt, bloß weil ich ihn manchmal nicht gemocht hab«, fügte Sassy leise hinzu. »Jetzt mag ich ihn ganz gern.«

»Der liebe Gott läßt ihn nicht sterben, Sassy. Alles wird gut werden.«

Sassy gab Jamal einen Kuß auf die Stirn und ging wieder zu Bett.

Jamal lag in der Dunkelheit und dachte darüber nach, daß Mama gesagt hatte, er dürfe nicht schwach werden. Die Sache war die, daß es schwer war, stark zu sein. Wirklich schwer.

15

»Was haste jetzt vor?« Tito und Jamal standen an der Schulecke.

»Ich werd dem Mack den Ballermann bringen und ihm

sagen, daß ich nicht mehr zu 'n Scorpions gehören will«, antwortete Jamal.

»Aber wieso jetzt? Wieso willste nicht warten bis nach der Schule?«

»Ich hab dir doch erzählt, was Indian im Laden gesagt hat, Mann«, sagte Jamal. »Ich glaube, daß er mich irgendwie absägen will, damit er die Bande übernehmen kann. Wenn er versucht, mir Ärger zu machen, dann werd ich *ihm* welchen machen.«

»Ich will nicht, daß du wen erschießt, Jamal.«

»Kommste jetzt mit?«

»Wieso kannste denn nicht bis nach der Schule warten?« Titos Stimme klang weinerlich.

»Weil ich 'n Mack finden, ihm die Pistole geben und Bescheid sagen will, bevor ich dem Indian über den Weg lauf.«

Tito warf einen Blick auf die Schule. »Okay.«

»Du brauchst nicht mitkommen, wenn du nicht willst«, sagte Jamal.

»Wieso mußte das denn jedesmal wieder sagen? Ich komm doch immer mit, oder?«

»Dann komm.«

»Haste die Pistole dabei?«

»Ja, hab ich.«

Das Crack-Haus war der einzige Laden vom ganzen Straßenblock, der nie zumachte. Jamal hatte gehört, daß im rückwärtigen Teil, hinter der Sperrholzabtrennung und den Vorhängen, ein Raum mit stählernen Wänden lag, wo die Dealer das Crack in kleine Fläschchen füllten.

Einer der Typen, die auf Klappstühlen vor dem Haus saßen, war gerade dabei, aus einer Aluschale Rühreier und Kartoffeln zu essen. Er war dunkelhäutig, hatte einen hohen, schmalen Kopf und trug links einen Ohrring. Er hielt Jamal und Tito auf, indem er mit dem Bein die Türöffnung versperrte.

»Was habt ’n ihr hier verloren?«

»Wir suchen den Mack«, antwortete Jamal.

»Hier ist kein Mack«, war die rasche Antwort. Dann schob sich der Typ eine große Gabel Rührei in den Mund.

»Ich werd mal reingehen und nachgucken«, sagte Jamal.

»Irrtum, Bürschchen.« Der Wachposten mit dem Eierkopf deutete in Richtung Straße. »Sieh zu, daß du dein Klappergestell hier wegbewegst, dann bläst dich der Wind ganz von allein die Straße runter. Und falls du dich nicht freiwillig verdrückst, helf ich mit ’nem Fußtritt nach.«

Jamal holte die Pistole aus der Jackentasche und steckte sie in den Gürtel. »Ich hab’s nicht so gern, wenn man mich rumschikaniert«, meinte er.

»Willste mir drohn?« Der Typ stellte sein Frühstück neben sich auf die Erde.

»Und du? Willst *du* mir drohn?« gab Jamal zurück.

»Wer biste denn überhaupt?«

»Wir gehörn zu ’n Scorpions«, sagte Jamal.

»Zu ’n Scorpions? Ich hab gedacht, der Mack wär ausgestiegen dort. Zumindest hat das der Indian gesagt.«

»Der Indian vielleicht schon, aber ich sag was andres.« Jamal stellte sich aufrecht und versuchte größer auszusehen.

Der Typ mit dem Eierkopf warf ihm einen wütenden Blick zu, hob sein Frühstück vom Boden auf und rief in den dunklen Laden: »He, Tony! Komm mal ’ne Minute rüber!«

»Was ist?« Tony war rappeldürr und hatte rotes, nach hinten geklatschtes Haar. Er kam mit einem Sprechfunkgerät in der Hand zur Tür.

»Die suchen den Mack. Haste den gesehn?«

»Ja, der is mit all den andern Suffköppen im Park«, gab Tony zurück.

»Nu wißt ihr's ja, Brüderchen.« Der Typ, der gerade frühstückte, ließ sich mit seinem Stuhl wieder nach hinten gegen die Hauswand kippen.

Der Vormittag fing gerade erst richtig an. Einige wenige Leute waren unterwegs. Zwei Frauen, von denen eine schwanger war, schoben gerade ihren mit schmutzigen Kleidungsstücken beladenen Einkaufswagen in den Waschsalon. Ein paar Kinder, die sowieso schon zu spät zur Schule kommen würden, schlenderten gemächlich in Richtung 120. Straße.

Ein kleiner schwarzer Mann, der aussah, als hätte er sich geschminkt, öffnete gerade das Tor eines Bestattungsunternehmens.

Die meisten Leute aber hingen nur herum. Kurz vor dem Ende der Straße hatten sich ein paar Halbwüchsige auf der Vordertreppe eines Hauses versammelt. Die älteren Männer hatten schon an den beiden Straßenecken Stellung bezogen und unterhielten sich lauthals über den Verkehr hinweg.

»Ich mag diesen Park nicht, Mann«, flüsterte Tito Jamal zu.

»Wieso nicht?«

»Hier gibt's Männer, die auf 'm nackten Boden rumliegen, und welche, die sich's auf 'm Gras gemütlich machen. Sogar Frauen liegen hier rum.«

»Das sind alles Suffköppe oder Cracker«, sagte Jamal.

»Sie sehn aus, als hätt sie einer weggeschmissen«, erklärte Tito. »Macht mir angst, weil ich nicht so aussehn will, als hätt mich einer weggeschmissen.«

»Deshalb müssen wir beide *so* zusammenhalten« – Jamal hob die Hände und zeigte Tito zwei Finger, die sich berührten –, »damit uns keiner was anhaben und uns wie Abfall behandeln kann.«

»Dort ist der Mack.« Tito nickte zu einer Bank hinüber, auf der mehrere Männer und zwei Jungen saßen.

Jamal holte tief Luft und ging zu ihm hinüber.

»Wir müssen mitnander quatschen«, sagte Jamal zu Mack.

»He, ich muß auch mal mit dir quatschen«, gab Mack zurück.

Er führte sie von der Bank weg, auf der er gesessen hatte. Seine Augen waren blutunterlaufen, und er roch nach abgestandenem süßem Wein. »Wie geht's 'm Randy?«

Jamal warf Tito einen kurzen Blick zu, dann sah er wieder Mack an. »Weißte, daß sie ihn abgestochen haben?«

»Ja, pfeifen die Spatzen vonnen Dächern«, sagte Mack. »'n Mädchen, wo auf der Lenox Avenue wohnt, war vor 'n paar Tagen im Norden und hat ihrn Freund besucht. Und der hat's ihr geflüstert.«

»Meine Mutter geht ihn heut besuchen«, sagte Jamal.

»Der Indian is grad dabei, 'ne eigne Tour zu probieren.« Mack blieb vor einer Parkbank stehen, stützte sich mit den Händen ab und ließ sich vorsichtig darauf nieder.

»Er hat sich mit 'n Crack-Leuten zusammengetan, hab ich recht?« Tito stand etwas abseits.

»Ja, damit is was zu verdienen«, erklärte Mack. »Paar Burschen vonnem andern Stadtteil wolln ihren Stoff hier annen Mann bringen, also will unser Crack-King, daß die Scorpions für sorgen, daß die Typen ihre Augen auf Null drehn.«

»Er will, daß wir sie umlegen?« erkundigte sich Jamal.

»Ja, will er, bloß meldet jetzt der Indian, *er* wär King und der Angel sein Krieger«, sagte Mack. »Können wir doch nich zulassen, daß dich der Indian so mir nix, dir nix abserviert.«

»Tun denn die andern, was der Indian sagt?« fragte Jamal.

»Ja, weil se mich nich haben wolln, weil's nämlich zu heiß wird für sie, wenn mich mal die Bullen greifen«, erklärte Mack. »Weil ich ja dann wie 'n Erwachsener verurteilt werd. Die sagen, der Mack wär zu alt für 'ne Straßenbande.«

»Ich weiß nicht«, sagte Jamal. »Vielleicht sollten wir den Indian einfach machen lassen.«

»Können wir nich durchgehen lassen«, widersprach Mack. »Läuft nich. Wenn der Indian die dicke Kohle kassiert, dann is er fein raus. Wenn du das Ding drehst, dann kassierst *du* die Kohle, und wir können dein Bruder rausholen. Wenn's der Indian dreht, dann reißt er sich die Kohle untern Nagel, und dann wird er dir eine reinwürgen, damit du nich auf die Idee kommen tust, 'n Comeback zu starten.«

»Um wieviel Geld soll's denn da gehn?« wollte Jamal wissen.

»Jamal, wir wollen keinen umlegen«, wandte Tito ein.

»Von fünftausend is die Rede«, sagte Mack. »Nich grad Kleingeld.«

»Ich kann keinen umlegen«, sagte Jamal und sah über den Park hinaus. »Vielleicht geht mir der Mumm ab oder so.«

»Ich kenn die Kerle, um die wo sich's handelt«, sagte Mack. »Paar Spanier von der Park Avenue drüben. Kann ich jederzeit allein erledigen.«

»Warum übernimmst 'n nicht du die Scorpions?« fragte Jamal. »Ich kann dem Randy ausrichten lassen, daß du die Bande für ihn zusammenhältst. Solang ich nur dreizehn bin, werden die mir ewig Probleme machen.«

»Solang die checken, daß du keine Angst nich hast, dein Ballermann zu benutzen, lassen sie dich in Ruh«, widersprach Mack. »Von denen hat keiner groß Lust, mit 'nem Loch im Kopf 'n Abflug zu machen. Den Ballermann haste doch noch, oder wie seh ich das?«

»Ja, klar.« Jamal schaute die Straße hinunter, wo einige Kinder an einer Hauswand Handball spielten. »Aber ich hab gedacht, es wär locker, wenn du der King wärst. Wo du doch dem Randy sein bester Kumpel bist und so.«

»Nö, Mann. Wenn die 'nen Treff ham, dann nimmt mich der Indian immer auf die Schippe, weil er ja wissen tut, daß ich kopfmäßig nich so doll bin. Deshalb warn wir ja auch so dicke, der Randy und ich. Der Randy hat kopfmäßig volle Pulle was drauf, und trotzdem hat er mich nie verarscht. Er hat seine Sache gemacht, und ich hab meine gemacht, und was Sache war, war Sache. Und so könnt's auch mit uns zwei beiden sein, hab ich mir gedacht. Wir könnten was zusammen auf die Beinchen stellen und den Schotter für die Berufung beschaffen.«

»Muß ich mir noch überlegen, Mann«, sagte Jamal. »Bis dann also.«

»Alles klaro. Hör mal, kannste mir vielleicht zehn Mäuse pumpen?«

Jamal warf Tito einen Blick zu, dann griff er in die Tasche und zog das Geld hervor, das er von Mr. Gonzales erhalten hatte. Er gab Mack zehn Dollar und setzte sich dann in Bewegung.

»Ich hab gedacht, du würdst ihm das Ding zurückgeben«, protestierte Tito.

»Haste das ganze Volk gesehn, was da im Park rumhing?«

»Ich hab 'n blödes Gefühl dabei«, sagte Tito.

»Du findst also, daß ich vor allen andern den Ballermann hätt rausziehn sollen?«

»Vor dem Crack-Haus hast 'n ja auch rausgezogen. Ich glaub, du magst dieses Ding, Mann.«

»Ich muß erst mal drüber nachdenken, was der Mack gesagt hat«, erklärte Jamal. »'s hat noch keinem was geschadet, erst mal nachzudenken, bevor er handelt.«

»Von diesem Mack sollt man auch lieber die Finger lassen«, sagte Tito. »Ich glaube, der ist auf Crack.«

»Glaubste denn, das wär mir nicht aufgefallen?«

»Und was haste nu vor?«

»Kommste mit, wenn ich mit dem Indian red?«

»Was willste denn sagen zu dem?«

»Vielleicht werd ich sagen, daß er mir das Geld für die Berufung geben soll und daß ich dann als King zurücktreten würd.«

»Vielleicht sollteste ihm sagen, so würd's der Randy haben wollen.«

Jamal blieb stehen. »He, das ist wirklich super! Ich werd ihm sagen, der Randy hätt gesagt, der Mack könnt trotzdem Oberkrieger bleiben, wenn er wollt, müßt aber nicht.«

»Glaubste, daß dir der Mack dann nachgeht?«

»Nö, ich glaub, der steht jetzt auf Wein und auf Crack. Wird nimmer lang dauern, bis er am Ende ist«, sagte Jamal. »Tito, das war der beste Einfall, den du's ganze Jahr über gehabt hast.«

»He, ich werd nicht umsonst Tito the Kid genannt! Wann gehste mit 'm Indian reden?«

»Sollen wir's gleich erledigen?«

»Und was ist, wenn der Mack ebenfalls ankommt?«

»Der Mack dröhnt sich jetzt grad die Birne zu«, sagte Jamal. »Haste gesehn, wie dem die Nase lief und was er sich geborgt hat?«

»Zehn Scheinchen, um sich Crack zu besorgen«, antwortete Tito.

Als sie zur Feuerwache kamen, war nur Blood da. Jamal sagte ihm, er hätte Indian was Wichtiges mitzuteilen und müßte ihn so schnell wie möglich sehen. Blood sagte, er wisse nicht, wo Indian sei.

»Du kannst ja mal so inner Stunde ins *Griff's* rübergehn«, schlug Blood vor. »Dort taucht er manchmal kurz auf.«

»Wird gemacht«, meinte Jamal. »Wenn du 'n siehst, dann sag ihm, daß ich 'n sprechen muß.«

»Is gut.«

Tito und Jamal schlenderten zu der Barbecue-Kneipe

und blieben auf der anderen Straßenseite stehen, um festzustellen, ob sie sehen konnten, wer alles drin war. Aber die Fensterscheiben waren angelaufen.

»Gib mir einen Stift«, befahl Jamal.

Tito gab ihm seinen Bleistift, und Jamal notierte sich die Telefonnummer, die neben der Kneipentür auf einem Schild zu lesen war.

Jamal hatte immer noch einen Teil des Geldes, das er sich bei Mr. Gonzales verdient hatte. Also ging er mit Tito auf den Broadway, wo sie Pizza aßen und Limonade tranken. Dann gingen sie in einen Süßwarenladen, wo Jamal zwei Packungen Lakritzbonbons und einen Zeichenblock kaufte.

»Das ist 'n richtiger Skizzenblock«, erklärte Jamal. »Man kann keine Briefe drauf schreiben oder so, weil sich das Papier schlecht falten läßt und somit in keinen Umschlag paßt. Kannste wirklich nur zum Zeichnen benutzen.«

»Was willste denn zeichnen?«

»Dich vielleicht«, sagte Jamal. »Und wenn ich dich gut hinkrieg, dann schenk ich das Bild deiner Abuela.«

»Oder der Sassy.«

»Der Sassy? Der würd ich doch kein Bild schenken.«

»Warum nicht?«

»Bilder muß man den Leuten schenken, die so was mögen«, erklärte Jamal. »Nimm mal meinen Vater. Der mag keine Bilder. Jedenfalls glaub ich, daß er keine mag. Aber vielleicht liegt's einfach nur daran, daß er *mich* nicht mag.«

»Glaub ich nicht.«

»Setz dich da rüber, dann mach ich 'ne Zeichnung von dir!« befahl Jamal.

Sie waren beim Grabmal von General Grant angelangt, dem einzigen öffentlichen Platz, wo sich Kinder aufhalten durften.

Jamal mochte das große solide Grabmal, vor allem die Stille drum rum. Er konnte hier auf der niedrigen Mauer sitzen, um auf der einen Seite auf Harlem und auf der andern in den Riverside Park hinabzublicken.

»Sei so gut und zeichne mich so, daß ich gut ausseh!« trug ihm Tito auf.

»'ne Schönheit biste ja nicht grad«, sagte Jamal grinsend.

»Stimmt, aber du kannst mich ja so zeichnen, daß ich wirklich gut ausseh, oder nicht?«

»Meinste, dein Vater mag dich?« fragte Jamal. »Ich wollt sagen, daß er dich *mag*, weiß ich ja, aber meinste, er mag dich *sehr*?«

»Weiß ich nicht«, sagte Tito. »Er hat gesagt, er wär froh, wenn ich mal nicht mehr so viel mit Abuela zusammen wär. Keine Ahnung, wieso er das gesagt hat, wo er's doch war, der wieder nach Puerto Rico gezogen ist und mich hier bei ihr zurückgelassen hat.«

»Mach mal deinen Mantel bißchen auf.«

»Nö, dafür ist's mir zu kalt.«

»Ist doch überhaupt nicht kalt«, widersprach Jamal. »Und stell dir vor, du wärst 'n Mädchen. Dann müßteste vielleicht nackig Modell sitzen.«

»Ich würd nicht nackig Modell sitzen.«

Jamal arbeitete fast eine halbe Stunde an der Zeichnung. Eine alte Dame kam vorbei und blickte ihm über die Schulter, dann blieben eine Frau und ein Mann bei ihm stehen.

Sie sahen Jamal ein Weilchen zu, sagten, seine Zeichnung gefiele ihnen, und gingen dann weiter.

Sobald sie weg waren, begann Jamal zu lachen.

»Haste sie versaut, deine Zeichnung?« fragte Tito.

»Nein, sie ist wirklich gut geworden.«

»Warum lachste dann?«

»Weil ich mir komisch vorkomm, wenn Leut ankommen und mir beim Zeichnen zusehn«, erklärte Jamal. »So läuft's unten in Greenwich Village, da stehn die Leut rum und gucken den Künstlern beim Malen oder Zeichnen zu. Wirklich Wahnsinn.«

»Angenommen, der Indian sagt okay, er würd den King machen bei 'n Scorpions, schmeißte dann die Pistole weg?« erkundigte sich Tito.

»Vielleicht versteck ich sie irgendwo.«

»Wenn du sie nicht wegwirfst, dann ist es immer noch deine.«

»Ich hab mir grad überlegt, daß ich – halt den Kopf still!«

»Mir juckt die Nas –«

»Dann kratz sie ganz schnell!« befahl Jamal. »Ich hab mir grad überlegt, falls mir irgendwer Ärger macht, dann könnt ich mich wehren, solang ich den Ballermann hab. Ich mein nicht jeden x-beliebigen – ich red von einem, der größer und stärker ist als ich. Oder wenn einer meiner Mama an den Kragen will.«

»Erinnerst du dich noch dran, wie ich mich mit dem Typ mit dem weißen Hund geprügelt hab?«

»Du hast dich nicht mit ihm *ge*prügelt – er hat dich *ver*prügelt«, widersprach Jamal.

»Na gut, stimmt. Aber damals hab ich ganz fest gebetet, der liebe Gott solle machen, daß er stirbt oder so. Dann hat er mich noch mal verprügelt, und mir war noch schlimmer zumut, aber er ist nicht gestorben, und ich bin nicht gestorben, also war alles okay. Wenn ich 'ne Pistole gehabt hätt, dann hätt ich'n vielleicht abgeknallt oder so.«

»Wenn er gewußt hätt, daß du 'ne Pistole hast, dann wär er dir gar nicht erst auf die Pelle gerückt. Nimm mal an, er würd dir heut nachmittag nachstellen. Dann bräuchteste ihm bloß den Ballermann unter die Nase halten und ihm sagen, daß du ihn abknallst, wenn er dich nicht in Ruh läßt. Würdste's so machen, wenn er dir noch mal auf die Pelle rücken würd?«

»Du meinst, ihm Angst einjagen mit der Pistole?«

»Ja.«

»Ja, würd ich«, sagte Tito. »Aber nur bei so 'nem großen Kerl wie dem.«

»Davon red ich ja.«

»Trotzdem ist mir's nicht wohl dabei«, fuhr Tito fort. »Ich glaub, 's liegt daran, daß ich ein bißchen Angst hab vor diesem Ding.«

»Du hast vor allem bißchen Angst.«

»Bloß 'n bißchen«, sagte Tito leise.

»Daran ist nix auszusetzen. Jeder hat vor irgendwas Angst, außer er nimmt Crack oder so.«

Jamal machte die Zeichnung fertig und signierte sie. Dann klappte er den Block zu.

»Laß mal sehn!« befahl Tito.

»Willste sie kaufen?«

»Laß mich erst mal sehn.«

»Nö, du mußt sie kaufen, wenn du sie sehn willst.«

»Was daran liegt, daß du sie versaut hast.«

»Nennste das versaut?« fragte Jamal und klappte den Block wieder auf.

Gemeinsam betrachteten sie die Zeichnung. Man konnte Tito wirklich erkennen, was Tito mit einem »Echt Klasse, Mann« bestätigte.

16

Jamal plante, seiner Mutter zu sagen, er hätte nur einen halben Tag Schule gehabt, aber keiner war zu Hause. Mama war wieder im Krankenhaus, um Randy zu besuchen, und Sassy war in der Schule. Als er in den Briefkasten sah, fand er einen Brief von Mr. Davidson vor. Konnte nichts Gutes zu bedeuten haben, dachte er sich.

Zuerst machte er ihn nicht auf, sondern steckte ihn nur in die für Rechnungen bestimmte Dose auf dem Kühlschrank. Dann kam ihm der Gedanke, daß es vielleicht um die Pistole ging, also öffnete er ihn doch. Mr. Davidson hatte nur geschrieben, seine Mutter solle ihn sofort anrufen. Von der Pistole stand nichts da. Dwaynes Mutter hatte recht gehabt. Die Schule wollte keinen Ärger wegen einer Waffe.

»Was haste nu vor?« wollte Tito wissen.

»Ich werd ihn anrufen«, sagte Jamal.

»Willste so tun, als wärste deine Mutter?« Tito bekam große Augen.

»Nö, ich werd ihm bloß sagen, meine Mutter könnt nicht anrufen wegen dem Randy.«

Jamal wählte die Schule und wartete. Schließlich meldete sich die Vermittlung, und er bat darum, mit Mr. Davidson verbunden zu werden.

Mrs. O'Connell meldete sich.

»Hallo? Mrs. O'Connell?«

»Ja, wer ist am Apparat?« Mrs. O'Connells Stimme klang streng am Telefon.

»Hier spricht Jamal Hicks. Meine Mutter mußte nach Stormville rauffahren, weil mein Bruder Randy dort mit schweren Stichwunden im Krankenhaus liegt, also kann sie Mr. Davidson erst anrufen, wenn's ihm wieder bessergeht.«

»Hicks?«

»Jamal Hicks.«

»Augenblick.«

Mrs. O'Connell unterbrach kurz die Verbindung, und vorübergehend erklang Musik aus dem Hörer. Jamal hielt Tito den Hörer ans Ohr.

»Das ist die Art von Musik, die sie auch in den Fahrstühlen spielen«, sagte Tito.

»Jamal, warum warst du heute nicht in der Schule?« erklang wieder Mrs. O'Connells Stimme.

»Mr. Davidson hat gesagt, ich dürft nicht am Unterricht teilnehmen, solang meine Mutter nicht in die Schule käm.«

»Wo ist deine Mutter jetzt?«

»Sie ist hochgefahren ins Krankenhaus.«

»Wo liegt dieses Krankenhaus?«

»Direkt neben dem Gefängnis, glaube ich«, sagte Jamal. Jamal hörte, wie Mrs. O'Connell irgend jemandem wiederholte, was er eben gesagt hatte. Er hörte eine Männerstimme, dann meldete sich wieder Mrs. O'Connell.

»Wo war denn dein Bruder, als er sich diese Verletzungen zuzog?«

»Im Gefängnis.«

Mrs. O'Connell wiederholte, was Jamal gesagt hatte, und erhielt dann eine Antwort.

»Okay, Jamal. Komm morgen in die Schule und melde dich gleich bei Mr. Davidson im Büro.«

»Ja, Ma'am.«

Jamal hängte ein.

»Was hat sie gesagt?«

»Ich müßt morgen in die Schule kommen«, erklärte Jamal. »Sie hat gesagt, ich müßt mich gleich morgens bei Mr. Davidson im Büro melden. Vermutlich wird er mir wieder 'nen Vortrag halten.«

»Willste jetzt den Indian anrufen?«

Jamal stöberte in seinen Taschen, bis er die Nummer der Barbecue-Kneipe fand. Er wählte und fuhr zusammen, als am anderen Ende mit dem Klingelzeichen fast sofort abgehoben wurde.

»Ist der Indian da?«

Die Stimme des Mannes war rauh, als er laut nach Indian rief.

»Wer spricht?« bellte die rauhe Stimme dann wieder in den Hörer.

»Jamal. Randys Bruder.«

Jamal wartete ein paar Minuten, bis sich am anderen

Ende wieder jemand meldete. Er spürte, wie sich sein Magen verkrampfte. Er sah zu Tito hinüber, der sich im Fernsehen mit leisem Ton Zeichentrickfilme ansah.

»Was willste?« erklang am anderen Ende eine Stimme.

»Bist du's, Indian?«

»Nein, ich bin's, Angel. Was willste?«

Jamal holte tief Luft und sagte Angel dann, Randy hätte zu seiner Mutter gesagt, daß Indian der Bandenchef bei den Scorpions werden solle. Wieder sah er zu Tito hinüber, der ihn jetzt beobachtete. Tito versuchte zu lächeln, war aber zu nervös.

»Außerdem hat er gesagt, die Scorpions sollten das Geld zusammenkriegen für seine Berufung«, fügte Jamal hinzu.

Am anderen Ende meldete sich plötzlich wieder der Mann mit der rauhen Stimme, um zu sagen, Jamal solle später noch mal anrufen, er bräuchte das Telefon jetzt selber.

»Wann soll ich wieder anrufen?« erkundigte sich Jamal.

»Kannste halten, wie du willst.« Dann ertönte ein »Klick«, und die Verbindung war unterbrochen.

»Was hat er gesagt?«

»Dieser andere Typ da hat gesagt, ich soll später noch mal anrufen«, meinte Jamal. »Sowieso hab ich bloß mit dem Angel gesprochen.«

Tito drehte seinen Zeichentrickfilm wieder lauter. »Du wirst dich gut fühlen, wenn du nicht mehr zu 'n Scorpions gehörst«, sagte er.

»Ich werd froh sein, wenn alles wieder normal läuft«, bestätigte Jamal.

»Weißte, was wir tun sollten? Wir sollten auf jeden, der was von uns will, zu zweit losgehn«, sagte Tito. »Wir sagen keinen einzigen Ton, verstehste? Wenn dir einer eine reinhaut, dann stürzen wir uns einfach beide auf ihn drauf und prügeln los.«

»Gute Idee. Wir besorgen uns 'nen Baseballschläger.«

»Weißte was? 'n Typ, den ich kenn, der hat 'nen Totschläger, der aus 'nem Kabel besteht.« Tito band sich die Schnürsenkel seiner Turnschuhe neu.

»Du meinst aus 'nem Elektrokabel, so wie für Lampen und so?«

»Ja.«

»Man faltet drei Lagen zusammen und wickelt den Rest vom Kabel drum rum. Stimmt's?«

»Er hat's ungefähr fünfmal gefaltet«, sagte Tito. »Er hat mich damit gegen 'ne Abfalltonne hauen lassen. Hättst mal hören sollen, was für 'nen Krach das Ding gemacht hat.«

Jamal rief noch mal in der Barbecue-Kneipe an. Als er nach Indian fragte, fluchte der Kerl mit der rauhen Stimme, bevor er nach Indian rief. Jamal hörte ihn noch sagen, sie sollten sein Telefon nicht den ganzen Tag mit Beschlag belegen.

»He, Mann, hier is der Angel. Indian meint, du müßtest mit 'm Randy seinem Vorschlag rausrücken, wenn die andern Scorpions mit bei sind, damit auch alle Bescheid wissen, was nu Sache is. Weißte, wo die Schaukeln sind im Park?«

»In welchem Park?«

»Im Marcus Garvey.«

»Ja, weiß ich.«

»Er meint, heut hätt er was andres vor, aber dort kommste morgen abend um elf hin und sagst dann vor allen, daß der Indian der King von 'n Scorpions is.«

»Wieso muß ich dazu in den Park kommen?« fragte Jamal.

»Um zu zeigen, daß du nich bloß die Klappe aufreißt«, sagte Angel. »Wenn du dich nich blicken läßt, dann heißt das, daß du irgend 'ne Schweinerei vorhast, also rat ich dir, daß du dich sehn läßt dort.«

Jamal erzählte Tito, was Angel gesagt hatte.

Tito biß sich auf die Lippe und sah wieder zum Fernseher.

Keiner der beiden sagte etwas, während sie sich eine Folge von *Thundercats* ansahen, die sie beide schon mal gesehen hatten.

Sie sahen fern bis um halb vier nachmittags, als Sassy heimkam.

»Wart ihr überhaupt in der Schule heut?« fragte sie, als sie Jamal und Tito in den Sesseln lümmeln sah.

»Wir hatten bloß 'nen halben Tag«, erklärte Jamal.

»Stimmt das, Tito?« Sassy baute sich direkt vor Tito auf, damit er Jamal nicht ansehen konnte.

»Stimmt«, bestätigte Tito.

»Du lügst«, sagte Sassy. »Ich weiß Bescheid, wenn du lügst, weil du mir nämlich dann nicht in die Augen gukken kannst.«

»Ich kann dir in die Augen gucken«, erwiderte Jamal.

»Ja, weil du laufend lügst«, sagte Sassy. »Aber der Tito hat keine Übung.«

»Ich kann dir auch in die Augen gucken«, sagte Tito.

»Also, dann guck mir in die Augen.« Sassy beugte sich nah vor Titos Gesicht.

»Tito, ich glaub, die will dich küssen.«

»Jamal, wieso biste so 'n Schafskopf?«

»Wär dir's lieber, wenn ich 'n Eselskopf wär?«

»Du bist 'n Eselskopf«, gab Sassy zurück. »Du bist bloß zu blöd, um's zu wissen.«

»So blöd wie du bin ich noch lang nicht.«

»Guck mir in die Augen!« befahl Sassy noch einmal und baute sich wieder vor Tito auf. »Und jetzt sag mir, daß ihr nur 'nen halben Tag Schule hattet.«

»Ich hab heut nur 'nen halben Tag Schule gehabt.«

Sassy sah Tito tief in die Augen und gab sich damit zufrieden, daß er ja vielleicht tatsächlich die Wahrheit gesagt hatte.

Jamal begleitete Tito nach Hause.

»Weißte, was der Sassy entgangen ist?« fragte Tito. »Die ganze Zeit über, während sie mir in die Augen geguckt hat, hab ich die Finger überkreuzt gehalten.«

»Sie kann sowieso nicht beurteilen, ob einer lügt oder nicht.«

»Was meinste eigentlich, warum sich der Indian den Park als Treffpunkt ausgesucht hat?« erkundigte sich Tito.

»Damit er den großen Macker spielen kann oder so«, antwortete Jamal.

»Und was ist, wenn er dir an den Kragen will?«

»Weißte noch, was du mal gesagt hast? Daß man verprügelt wird, und dann ist's vorbei und war gar nicht so schlimm?«

»Und?«

»So werd ich's machen«, sagte Jamal. »Wenn er mich verprügelt, dann werd ich's ertragen wie 'n Mann. Und dann geh ich wieder, und wenn ich heimkomm, dann wasch ich mich und lach ihn aus.«

Eigentlich war Mrs. Roberts, die Schulschwester, gar nicht komisch, trotzdem machte sich jeder über sie lustig. Sie war wirklich dünn, und sie lächelte immer, egal was passierte. Wenn sich einer in die Hand schnitt, dann lächelte sie, während sie einen Verband anlegte. Wenn man sich den Magen verdorben hatte, dann lächelte sie, gab einem ein Mittel und befahl, man solle sich auf die Couch legen. Es gab zwei Dinge, die Mrs. Roberts immer tat – sie befahl, daß man sich bei ihr hinlegte, und dann schenkte sie einem ein Pfefferminzbonbon. Als wolle sie einen dafür belohnen, wenn man sich nicht gut fühlte oder verletzt hatte.

Davon, daß man im Zimmer der Schulschwester sitzen mußte, wenn man irgendwas in der Schule angestellt hatte, war Jamal noch nie etwas zu Ohren gekommen. Dorthin aber brachte ihn Mr. Davidson jetzt.

»Jamal, wir möchten, daß du dieses Formular mit nach Hause nimmst, damit es deine Mutter unterschreibt. Kann sie lesen?«

»Ja, kann sie«, sagte Jamal. »Können *Sie* lesen?«

»Ich hab ja bloß gefragt«, entgegnete Mrs. Roberts. »Also sorg dafür, daß sie es liest. Und falls irgend etwas drinsteht, was sie nicht kapiert, dann kann sie ja jederzeit kommen und sich mit mir darüber unterhalten.«

»Was hat das Formular zu bedeuten?« fragte Jamal und begann das Stück Papier in seiner Hand zu studieren.

»Es geht hier um etwas, was, wie wir meinen, sehr hilfreich sein wird für dich«, erklärte Mrs. Roberts. »Wenn du nur ein bißchen ruhiger wärst in der Schule, vor allem morgens, dann wären die Dinge für uns alle einfacher. Wäre dir das nicht auch recht?«

»Vermutlich schon.«

»Tja, wir würden dir gern dabei helfen, ruhiger zu werden, deshalb werden wir dir eine Tabelle und eines meiner berühmten Pfefferminzbonbons verabreichen.«

»Wenn sie das unterschreibt, braucht sie dann nicht in die Schule zu kommen?« erkundigte sich Jamal.

»Sie sollte später mal kommen und mit uns über die Fortschritte reden, die du machst«, sagte Mr. Davidson. »Aber wir können erst mal das da probieren und abwarten, ob es hilft.«

»Dann braucht sie also nicht in die Schule zu kommen?«

»Im Augenblick nicht«, antwortete Mr. Davidson.

»Ich werd's ihr geben.«

»Also, was habt ihr beiden jetzt vor?« fragte Darnell, der zwischen Dwayne und Jamal auf dem Schulhof stand.

»Überlaß ich dem Dwayne«, meinte Jamal. »Aber er soll gefälligst seine große Klappe halten.«

»Meine Mutter sagt, sie würd die Schulbehörde verklagen, wenn er mich nicht in Ruh läßt.«

»In anderen Worten« – Darnell nahm seine Mütze vom Hinterkopf und legte sie aufs Herz –, »du ziehst den Schwanz ein.«

»Meine Mutter hat mir befohlen, daß ich mich von ihm fernhalten soll«, sagte Dwayne.

»Was würdste tun, wenn deine Mutter nicht wär?«

Als Jamal Dwayne anschaute, sah der weg.

»Heut hat er seine Pistole nicht bei, Dwayne«, meinte Tamia und stieß Dwayne auf Jamal zu. »Tu was!«

»Warum gebt ihr euch nicht einfach die Hand und vergeßt das Ganze?« schlug Christian vor.

»Warum hältst du in Zukunft nicht einfach deine große Klappe?« erkundigte sich Darnell bei Dwayne.

»Du kannst ja mal versuchen, mich dazu zu kriegen, daß ich die Klappe halt, du blöder Hund!« gab Dwayne zurück.

Darnell betrachtete Dwayne, der größer und kräftiger war als er selbst, mit einem prüfenden Blick, unternahm aber nichts.

Jamal hätte Dwayne gern die Hand geschüttelt und die Sache hinter sich gebracht, aber wenn er den ersten Schritt machte, würden alle denken, jetzt, ohne seine Pistole, hätte er Angst.

»Was schlägst du vor?« erkundigte sich Dwayne bei Jamal und sah ihn an.

»Tu lieber, was deine Mama sagt«, erklärte Jamal, »und halt dich fern von mir.«

Dann machte er kehrt und ging über den Schulhof davon.

Mama redete ganz laut, so wie sie es manchmal tat, um sich Mut zu machen. Sassy hob ebenfalls ihre Stimme, um sich an Mamas Lautstärke anzupassen.

»Ich schaff jetzt schon fast zehn Jahr für diesen Mann«, sagte Mama gerade. »Und er hat Geld wie Dreck!«

»Er weiß ja, daß du's zurückzahlen würdst«, meinte Sassy.

»Braucht er keinen einzigen Gedanken dran verschwenden«, sagte Mama. »Ich bleib keiner Menschenseele auch nur 'nen Cent schuldig.«

»Tausend Dollar, das ist 'n Haufen Geld. Aber er hat's ja«, meldete Sassy.

»Tausend Dollar ist rein gar nix für einen wie den«, sagte Mama. »Der kann sich's ohne weiteres leisten, mit so 'nem Betrag nach Atlantic City rüberzufahrn und das Ganze an 'nem einzigen Tag im Spielcasino zu verlieren, ohne auch nur mit der Wimper zu zucken.«

»Was hat er denn gesagt, als du 'n gefragt hast?«

»Ich hab ihm gesagt, er soll erst mal gar nix sagen«, erklärte Mama. »Er soll erst mal 'n Weilchen drüber nachdenken. Als der Rechtsanwalt mir gesagt hat, er würd meinen, daß er für tausend Dollar erreichen könnt, daß die Verhandlung noch mal aufgenommen wird, da hab ich gewaltig nachgedacht und gewaltig gebetet.«

»Wieso soll's denn jetzt plötzlich nur noch 'nen Tausender kosten?« wollte Jamal wissen.

»Weil die keine Lust haben, für ihn zu sorgen, wo er doch jetzt im Krankenhaus liegt«, sagte Mama. »Der Rechtsanwalt meint, wenn irgendwem im Gefängnis was passiert, dann ist denen dran gelegen, ihn loszuwerden, damit er ihnen nicht auf der Tasche liegt. Denn wenn sie 'n laufenlassen, dann ist statt dessen die Fürsorge für 'n zuständig. Und sie sind die Probleme los.«

»Probleme ist jeder gern los«, bestätigte Jamal.

»Ich kapier nicht, warum dieser Mr. Stanton nicht zurückruft«, sagte Mama. »Vielleicht muß er sich erst mal überlegen, wie er's seiner Frau beibringen soll.«

»Wie ist 'n die?« erkundigte sich Sassy.

»Ich glaub, daß die 'n bißchen Vorurteile hat«, antwortete Mama. »Ich hab sie erst ein- oder zweimal getroffen, aber sie war ziemlich von oben herab zu mir.«

»Wie lang wird's dauern, bis der Randy raus ist, wenn wir das Geld erst mal haben?« wollte Jamal wissen.

»Du weißt ja, daß die ganze Verhandlung von vorn bis hinten noch mal abgehalten werden muß.« Mama hatte ein fertig gekauftes Brathähnchen von den Knochen abgelöst und gab nun das Fleisch zusammen mit kleingeschnittenem Brokkoli in einen Topf Hühnerbrühe. »Der Rechtsanwalt hat gesagt, 's könnt unter Umständen noch zwei Jahr dauern, aber wenn unser Randy weiß, daß an seiner Sache gearbeitet und daß er rauskommen wird, dann läßt er nicht den ganzen Mut fahren. Im Gefängnis kann's nämlich passieren, daß man schon deshalb stirbt, weil man kein Fünkchen Mut mehr hat.«

»Was wird er machen, wenn er rauskommt?«

»Wieder in die Schule gehn«, sagte Mama. »Dafür werd ich sorgen. Lernen soll er was, damit er ordentlich was verdienen kann.«

Wenn er die ganze Zeit arbeitete, würde er keine zwei Jahre brauchen, um die tausend Dollar zu verdienen, überlegte sich Jamal. Vielleicht würde *er* Mr. Stanton das Geld zurückzahlen, falls der es Mama borgte. Dann wären sie nichts mehr schuldig, wenn Randy rauskam.

Mrs. Padgett rief an, um zu sagen, sie hätte von Randys schweren Verletzungen gehört, und es täte ihr sehr leid.

Das Formular aus der Schule wollte Jamal seiner Mutter erst nach dem Essen geben. Manchmal unterschrieb sie derartigen Kram, ohne Interesse zu zeigen. Aber manchmal las sie auch alles aufmerksam durch.

Als das Telefon läutete, hob Sassy ab. Es war Mr. Stanton.

Jamal brauchte gar nicht zu fragen, was am Telefon gesprochen wurde. Es stand im Mamas Gesicht geschrieben, man sah es an ihren traurigen Augen und daran, wie sie die Schultern hängen ließ, bevor sie sich hinsetzte. Als sie nach einer langen Weile, in der sie Mr. Stanton erklärte, ihr sei ja auch klar, wie schwer es sei, an Geld zu kommen, und sie wisse, daß seine Geschäfte dieses Jahr nicht so gut liefen, den Hörer auflegte, weinte sie.

»Lieber Herrgott, wann werd ich endlich kapieren, daß meine Probleme keinen was angehn außer mir?« Mama begann, vor und zurück zu schaukeln. »Lieber Herrgott, wann werd ich das *kapieren*?«

»Ich helf dir, das Geld aufzutreiben«, sagte Jamal.

Mama sah Jamal an und winkte ihn zu sich her. Als er bei ihr ankam, umarmte sie ihn und drückte ihn fest an sich. Dann fiel ihr Blick auf Sassy, und sie winkte auch die her, und dann hielten sie sich alle drei fest umarmt und schaukelten schweigend in dem kleinen Zimmer vor und zurück.

17

Von dort aus, wo Jamal vor Titos Haus auf der Treppe saß, konnte er die blinkenden Neonlichter der Bar an der Ecke sehen. Der sanfte Wind, der durch die Straße blies, wirbelte eine Papiertüte durch die Luft und ließ sie die Straße entlangtanzen.

Jamal sah zu, wie eine Katze unter einem Auto hervorschlich, auf die Tüte zusteuerte, dann aber doch einen Buckel machte und zu fauchen begann.

Zwei Mädchen kamen aus dem Gebäude. Eines lächelte Jamal zu, als sie vorübergingen. Der Duft ihres Parfüms blieb hinter ihnen in der Luft hängen.

Abuela ging gewöhnlich um neun zu Bett, und Jamal hatte mit Tito ausgemacht, daß er um halb zehn herunterkommen sollte. Aber inzwischen war es fast zehn, und er war noch nicht aufgetaucht. Vielleicht hatte ihn Abuela dabei erwischt, wie er sich davonstehlen wollte, überlegte sich Jamal. Am liebsten wäre er nach oben gegangen und hätte an die Tür geklopft, doch er tat es nicht. Er konnte sich auf Tito verlassen, er würde kommen, sobald es ihm möglich war.

»He, Jungchen, was treibste denn so?« Ein rappeldürrer betrunkener Penner baute sich breitbeinig vor Jamal auf.

»Verschwinde!« sagte Jamal.

»Was? Meinst wohl, bist was Besseres, wie?«

Jamal wandte sich ab. Er bekam Indian nicht aus dem Kopf.

Indian war stärker als er, das war klar. Aber solange Indian allein war, würde er es schon schaffen. Schwierig würde es nur dann werden, wenn auch Angel mit dabei war.

»Soll ich dir mal erzählen, wie's mir so ergangen is im Leben?« Der Besoffene stellte sich anders hin.

»Nein.«

»Weißte was? Bist 'n Idiot. Wenn du bißchen Ahnung hättst, dann würdste hören wollen, was mir so alles passiert is im Leben. Bin nämlich auch so einer wie du.«

»Verdrück dich, Mann!« sagte Jamal. Er hatte die Pistole in einer Papiertüte auf dem Schoß.

»Ja, Mann, ich war mal genau so einer wie du«, erklärte der Besoffene noch einmal. »Ließ mir auch von keinem nix sagen. Weißte, was ich gemacht hab?«

»Ja, vollgesoffen haste dich.«

»Hältst dich wohl für 'n schlaues Kerlchen, wie?«

»Warum machste dich nicht dünne?« fragte Jamal.

»War mal 'n Basketballspieler. War wirklich gut und hab 'n Haufen Punkte eingespielt. Ungelogen. Hab jeden Gegner abgehängt und jeden Ball ins Netz gedrängt.«

»Jaja.«

»He, ich versuch dir was zu erklären. Dir was beizubringen, was dir abgeht. Weißte was das ist? Bißchen Grips!«

Die Tür des Hauses, in dem Tito wohnte, öffnete sich, und ein stämmiger Mann tauchte auf. Er hakte die Daumen in den Gürtel ein, sah erst nach der einen, dann nach der anderen Seite. Dann zog er zweimal hintereinander die Schultern hoch, ließ sie wieder fallen und ging die Stufen hinunter. Jamal sah zu, wie er die Straße entlang davonstolzierte.

»Den kannste vergessen«, sagte der Penner. »Gibt sich mordsstark, is aber lappig wie Quark. Weißte, was ich mit ›lappig wie Quark‹ mein?«

Jamal sah weg. Er wollte den Mann nicht ansehen, wollte nicht so sein wie er, so aussehen wie er, wollte ihn nicht vor Augen haben.

»Jamal!«

Als er sich umdrehte, sah er Tito mit einer Abfalltüte in der Hand.

»Wieso haste denn so ewig gebraucht?«

»Hat einfach zeitlich nicht geklappt«, erklärte Tito. »Sie ist um neun in ihr Schlafzimmer, aber sie konnt nicht einschlafen. Ich hab ihr gesagt, ich würd den Müll runterbringen.«

»Also los!«

»Ich glaub, ich muß noch mal hoch, damit sie nicht denkt, ich hätt mich verdrückt. Ich geh hoch, und sobald sie wieder in ihrem Zimmer verschwindet, schleich ich mich davon.«

»Wir sollen um elf drüben im Park sein«, sagte Jamal.

»Bin gleich wieder da«, versprach Tito.

Tito stellte die Abfalltüte am Randstein ab und ging zurück ins Haus.

»Is das dein Kumpel?« fragte der Besoffene.

»Wieso?«

»Du weißt doch, daß das 'n Puertoricaner ist, oder nich?«

»Ja, weiß ich.«

»Diese Puertoricaner tun nur eins: sie saufen diesen Tequila, und dann schnappen sie über. Deshalb sehn sie alle so alt aus. Wenn du Puertoricaner siehst, dann sind's immer bloß Säuglinge oder Greise, zwischendrin gibt's nix. Is dir das noch nie aufgefallen?«

Auf der roten und gelben Uhr in der Bar auf der anderen Straßenseite war es fünf vor elf. Sie würden zu spät kommen. Jamal wollte die Sache hinter sich bringen. Außerdem mußte er auch daran denken, wie man es laut Angel auffassen würde, wenn er nicht auftauchte.

»Und wenn du Streit kriegst mit 'nem Puertoricaner, dann mußte dich vorsehn, falls er 'n Messer hat«, fuhr der Besoffene lallend fort.

Jamal fragte sich, ob jemals ein Zeitpunkt käme in seinem Leben, wo er sich keine Sorgen zu machen brauchte über jemanden, der ihn verprügeln oder in irgendeinen Kampf verwickeln wollte.

»Los, gehn wir!« Tito kam heraus.

»Wo haste denn deine Jacke?«

»Hab zwei Hemden angezogen«, sagte Tito.

»Denk dran, was ich dir über diese Puertoricaner gesagt hab!« rief ihnen der Penner nach.

»Was war 'n los?« erkundigte sich Jamal.

»Abuela hat gespürt, daß da was im Gang ist«, erklärte Tito. »Sie kann Sachen spüren, so wie du sie sehn kannst. Sie hat ihre Tür aufgelassen und hat sich genau davor hingesetzt.«

»Wie biste dann weggekommen?«

»Ich hab gesagt, ich hätt draußen im Flur was gehört«, sagte Tito. »Sie hat mich angeguckt mit ihren stillen Augen, aber gesagt hat sie nix.«

»Wie meinste das?« Sie überquerten vor der St.-Joseph-Kirche die Straße und hielten auf die 124. Straße zu.

»Wieso willste denn die 124. runtergehn?«

»Weil der Indian nicht zu sehn braucht, aus welcher

Richtung ich komm. Was meinste damit, sie hätt dich mit ihren stillen Augen angeguckt?«

»Manchmal«, sagte Tito und wurde schneller, um nicht zurückzufallen, »manchmal hat sie ganz normale Augen wie andre Leut auch. Und manchmal kriegt sie stille Augen. Ganz ruhig werden sie, als wär Abuela müd oder so, bloß weiß man, daß sie nicht müd ist.«

Jamal sah im Geist Abuelas stille Augen vor sich. Vielleicht würde er Titos Großmutter mal zeichnen. Ganz hell würde seine Zeichnung werden, aber die Augen wären dunkel, fast genauso wie die von Tito, und groß, mit halb geschlossenen Lidern. Er wußte, was sein Freund mit stillen Augen meinte. Manchmal hatte seine Mutter die auch.

Sie verlangsamten ihren Schritt, als sie auf der Lenox Avenue ankamen. Während sie an einem Friseurladen vorübergingen, sah Jamal durchs Fenster. Es war fast zwanzig nach elf.

»Haste vor, ihm die Pistole zu geben?« fragte Tito. Er hatte die Tüte bemerkt, die Jamal in der Hand hielt.

»Erst muß ich mal sehn, wie sich der Indian aufführt«, antwortete Jamal. »Die Pistole nimmst du. Dann, wenn er sich so benimmt, als wär alles klar, dann ruf ich dich her, und du gibst 'm das Ding.«

»Und angenommen, er führt sich nicht so auf?«

»Wenn er mich verprügelt, dann ist das okay«, sagte Jamal. »Dann spiel ich den Feigling und laß ihn machen.«

»Du bist kein Feigling.«

»Wenn er's so haben will, damit er zufrieden ist, dann muß ich 'n machen lassen«, sagte Jamal. »Sorgen mach ich mir bloß dann, wenn der Angel auch mit bei ist. Dann könnt's nämlich passieren, daß sie's mir gewaltig besorgen. Falls es dazu kommt, dann fängste an zu schreien. Vielleicht verduften sie dann von allein.«

»Und wenn sie nicht verduften?«

»Dann werd *ich* verduften«, sagte Jamal.

»Haste Angst?«

»Nö, Mann. Bin ganz ruhig, weil's jetzt nimmer lang dauert, bis alles geregelt ist.«

»Wenn sie versuchen, dich furchtbar zu verprügeln, kann ich dir ja vielleicht zu Hilfe kommen«, sagte Tito.

»Dann kriegste bloß auch noch die Hucke voll.«

»Macht mir nix aus.«

»Wenn du mein Bruder wärst, dann wärn wir so dicke miteinander«, sagte Jamal und zeigte Tito seine überkreuzten Finger.

»Sind wir doch eh schon.«

»Wenn wir erwachsen sind, müssen wir uns 'n Boot besorgen«, fuhr Jamal fort. »Dann können wir damit rumfahren und uns drüber unterhalten, wie's war, als wir noch arm warn.«

Jamal reichte Tito die Tüte mit der Pistole und hielt auf den Marcus Garvey Park zu.

»He, Jamal!«

»Was?«

»Lassen wir auch Mädchen auf unser Boot?«

»Nur Filmstars«, antwortete Jamal.

»Gut.«

Vor dem Park lungerten ein paar Frauen herum, und zuerst dachte Jamal, es seien Prostituierte. Als er aber näher kam, sah er, daß es Zeugen Jehovas waren.

»Hättest du gern ein kostenloses Informationsblatt mit einer wirklich guten Nachricht?« fragte ihn eine hübsche junge Frau.

Jamal wies sie mit einem Schulterzucken ab und ging auf einen der Eingänge des Parks zu. Als er sich kurz umdrehte, sah er, daß sie ihn immer noch anlächelte.

Zwei Polizisten standen auf der anderen Straßenseite vor einem Jugendclub.

Beide sahen jung aus. Der eine war Spanier, der andere ein langhaariger Weißer.

Jamal und Tito musterten die beiden ein Weilchen und gingen dann in den Park.

»Du bleibst zurück, damit sie dich nicht sehn!« befahl Jamal. »Wenn ich losrenn oder so, dann rennste auch. Okay?«

»Angenommen, sie versuchen dich zu verprügeln?«

»Dann steck ich's ein«, sagte Jamal. »Oder ich verdrück mich. Es wird gutgehn. Ist alles klar mit dir?«

Tito nickte.

Jamal zog seine Jacke vorne zu und ging in Richtung Spielplatz. Er hatte Angst, wußte aber nicht so recht, wovor. Er wünschte sich nur, er wäre schon vorbei.

Der Spielplatz war voller Schatten, die am Drahtzaun entlangtanzten. Jamal blieb regungslos stehen und versuchte, das Dunkel zu durchdringen und die Baumschatten zu ignorieren, die sich hin- und herbewegten. In der Mitte des Spielplatzes waren Schaukeln. Eine davon quietschte, und Jamal sah, wie Indian darauf langsam vor und zurück schwang.

Angel lehnte an einem der Pfosten, an denen die Schaukeln befestigt waren. Die einzige Lampe stand in der Nähe des Klettergerüsts, aber Jamal konnte Indian trotzdem deutlich erkennen.

Er holte tief Luft und ging zu dem Zaun, der die Schaukeln umgab.

»Hey, was tut sich so?« rief er.

»Du kommst, *das* tut sich«, gab Indian zurück.

»Ich hab gedacht, du hättst gewollt, daß 'n paar von den Scorpions da sind, um sich mit anzuhören, was ich zu sagen hab.«

»*Ich* bin da.« Indian stieß sich mit den Füßen am Boden ab und schaukelte gemächlich. Zwei Tauben trippelten an der anderen Seite des Zauns entlang und pickten nach einer Plastiktüte, als ob sie etwas Eßbares enthalten würde.

»Tja, der Randy hat meiner Mutter erzählt, er würd

nicht mehr wollen, daß ich den King von 'n Scorpions mach«, sagte Jamal.

»Muß wohl dran liegen, daß die 'n dort abgestochen ham«, meinte Indian. »Hab ich von gehört. Vermutlich hat er 'n großen Macker rausgehängt im Bau, und die fanden das nich so doll.«

»Es geht ihm ganz gut«, sagte Jamal. »Wie auch immer, er hat gesagt, die Scorpions sollen die Kohle ranschaffen für seine Berufung, und du sollst Chef werden.«

»Haste sonst nix zu sagen?« tönte Angel aus der Dunkelheit. »Weißte nix außer dem, was der Randy gesagt hat?«

»Ich hab nicht die ganze Nacht Zeit«, sagte Jamal.

»Willste mal ziehn?« Indian hielt ihm einen Joint hin.

»Nö.«

»Der Randy erlaubt's nich, daß er schon rauchen tut«, sagte Angel. »Und wenn er's ihm mal erlauben tut, dann besorgt er ihm Kaugummizigaretten.«

»Wie kommt's, daß du 'n Mack nich mit angeschleppt hast?« Die Schaukel war langsamer geworden und bewegte sich nur noch leicht im sanften Wind. Indian schloß eine Minute lang die Augen, dann öffnete er sie langsam wieder. Er war high. »Hab gedacht, der Mack wär dein Oberkrieger?«

»Ich brauch überhaupt keinen Krieger, wenn ich nicht mehr mitmach bei euch«, sagte Jamal.

»Momentchen mal – « Indian machte einen tiefen Zug an seinem Joint. »Erst sagste, du wärst nich mehr unser King, und jetzt sagste, daß du ganz aussteigen willst.«

»Ja, will ich«, sagte Jamal.

»Aussteigen kannste erst, wenn dir der King sein Okay gibt«, sagte Angel.

»Ich steig aus, damit's keinen Stunk mehr gibt«, sagte Jamal. »Ich hab dem Randy versprochen, daß ich aussteig.«

»Der Randy is nich unser King«, sagte Indian. »Der

King, das bin ich. Also mußte mich fragen, ob ich dir's erlaub.«

Jamal hob den Kopf. Die Nacht war klar, und hoch über den Dächern und den Fernsehantennen war der Himmel mit Sternen übersät. Komisch, aber er sah nachts sonst kaum mal zu den Sternen hoch. In Harlem schaute man immer geradeaus oder sah sich um.

»Tja, ich werd aussteigen«, sagte Jamal.

»Sagt der einfach so!« Angel hatte sich näher zu ihm hergeschoben. »Keine Spur von ›erlaubste's mir?‹ «

»Mir scheint, du hast 'n Flattermann, was?« erkundigte sich Indian. »Hast wohl deinen Ballermann nich bei, was?«

»Genausowenig wie seinen Saufkopp, den Mack«, fügte Angel hinzu.

»Wenn der da wär, würdet ihr nicht so groß die Klappe aufreißen«, sagte Jamal.

»Ja, aber er is nich da«, sagte Indian. »Sowieso hab ich vor dem keine Muffe. Eins is klar – so klar wie nur was –, jetzt haste nix und niemand mehr, wo hinter dir steht. Jetzt stehste ganz allein da, du Arschloch.«

Jamal schluckte mühsam und machte einen Schritt rückwärts.

»Ich denk mir, wir zwei beide sollten mal kräftemäßig abchecken, wer nu der King is«, sagte Indian. Er machte einen tiefen Zug an seinem Joint, und Jamal hörte die Glut knistern. »Was hältste davon?«

Angel schob sich so nah an Jamal heran, daß der seinen Atem riechen konnte. Er hatte Gras geraucht, vielleicht auch Crack.

Jamal nahm die Hände vom Zaun, sah zu Indian hinüber und war im Begriff zu sagen, er hätte keine Lust, gegen ihn zu kämpfen. Aber er bekam kein einziges Wort heraus.

»Ich glaub, daß der die Hosen gestrichen voll hat«, meldete Angel.

Indian ließ sich vorwärts schwingen und sprang plötzlich von der Schaukel. Er stand auf der einen Seite des niedrigen Zauns, Angel stand dicht neben Jamal auf der anderen.

»Haste die Hosen voll, du Schisser?« Indians Gesichtsausdruck wirkte drohend auf Jamal, aber seine Augen sahen so aus, als blickten sie auf etwas, das weit in der Ferne lag.

Als Jamal noch einen Schritt zurücktrat, stieß ihn Angel von hinten so heftig an, daß er gegen den Zaun prallte. Indian wollte ihm einen Schlag ins Gesicht versetzen, traf aber daneben.

Jamal versuchte sich wegzudrehen, aber da gab ihm Angel einen Tritt, der ihn seitlich am Bein traf. Er versuchte eine rasche Kehrtwendung, doch Indian packte ihn am Genick und zerrte ihn rückwärts, bis Jamal halb über dem Zaun hing.

»Na, wo is 'n dein ganzer Schneid geblieben?« erkundigte sich Indian. »Wie kommt's, daß du nich ordentlich hinlangst, damit jeder sehn tut, was für 'n Held du bist?«

»Wir müssen diesem Arschloch da 'ne Lektion erteilen«, sagte Angel. »Und zwar so eine, daß auch der Randy von hört.«

Jamal riß sich von Indian los, aber Angel versetzte ihm einen Faustschlag in den Magen, daß er sich krümmte. Angel riß ihn wieder hoch, damit Indian ihn erneut packen konnte.

»Morgen werden wir's 'm Mack besorgen«, sagte Indian. »Aber heut kommst erst mal du dran.«

Indian zerrte Jamal rückwärts über den Zaun, bis seine Füße in der Luft hingen. Jamal griff mit beiden Händen nach Indians Arm und versuchte sich zappelnd aus seinem Klammergriff zu lösen, um nach Luft zu schnappen.

Er sah den Fausthieb nicht kommen, aber er spürte

ihn, als Angel wieder zuschlug. Er spürte, wie sich sein Magen umdrehte, und er begann, sich laut würgend zu übergeben.

Jetzt folgte ein Schlag auf den anderen. Jamal war, als müsse er ohnmächtig werden. Die Beine gaben unter ihm nach, und er fand sich sitzend wieder. Um ihn herum drehte sich alles, doch er sah, daß Indian zurück zur Schaukel taumelte.

Jamal stemmte sich auf alle viere hoch. Ihm wirbelte der Kopf. Immer wieder tauchte ein schwaches Licht vor ihm auf, doch jedesmal wurde ihm wieder schwarz vor Augen. Er spürte Angels Knie an seiner Schulter. Als er nach oben schaute, sah er Angel in die Tasche greifen. Er versuchte wegzukriechen, aber Angels Knie nagelte ihn am Zaun fest. Als er es klicken hörte, hob er erneut den Kopf und sah Stahl blitzen.

Ein Schuß. Ein zweiter.

Eine lange Pause.

Dann ein dritter.

Jamal kniff fest die Augen zu und schützte den Kopf mit beiden Händen.

Er fühlte, wie etwas gegen seine Schulter prallte und dann von ihm abrutschte.

»Jamal!«

Er hob den Kopf. Es war Tito.

»Steh auf!«

Jamal griff nach dem Zaun und zog sich dran hoch. Als er nach unten schaute, sah er Angel am Boden liegen. Auf der anderen Seite des Zauns kroch Indian davon.

»Komm jetzt!«

Jamal machte tiefe, heftige Atemzüge und rannte hinter Tito in die Dunkelheit davon. Sie hielten auf den östlichen Teil des Parks zu. Jamal sah zurück. Keiner folgte ihnen. Draußen vor dem Park tanzte eine Gruppe Teenager zu den harten Rhythmen, die aus einem Gettoblaster schallten.

18

Sie rannten aus dem Park, an den inzwischen dunklen Fassaden der Wohnblöcke vorbei, bis sie nicht mehr konnten. Jamal bekam kaum mehr Luft, und die Beine taten ihm weh. Mit dem Kopf auf den Armen lehnte er sich gegen eine Wand. Tito stand ein Stück weit weg, halb im Schatten verborgen, und lehnte an einer Ziegelmauer.

Jamal stolperte zu seinem Freund hin, ohne sich aufzurichten.

»Du hast mich gerettet, Tito!« stieß er immer noch keuchend hervor. »Du hast mich gerettet. Er wollt mit dem Messer auf mich losgehn!«

Titos ganzer Körper wurde von Schluchzern geschüttelt. Jamal legte den Arm um ihn und ließ den Kopf auf seine Schulter sinken, während er versuchte, wieder zu Atem zu kommen. Er sah die Straße entlang. Keiner folgte ihnen.

»Wo ist die Pistole?«

Tito sah nach unten und schien überrascht, als er entdeckte, daß er die Waffe immer noch in der Hand hielt. Jamal nahm sie ihm ab.

»Ich werf sie jetzt weg, okay?«

Titos Gesicht war verschwollen, und Rotz vermischte sich mit den Tränen, die ihm in Strömen übers Gesicht liefen. Er nickte, also sah sich Jamal nach einer Stelle um, wo er die Pistole loswerden konnte.

An der Ecke stand ein hoher Müllcontainer, aus dem Bretter ragten. Jamal ging hinüber. Es gelang ihm, über den Rand des Containers zu greifen. Er sah sich noch ein letztes Mal um und ließ dann die Schußwaffe hineinfallen, wo sie geräuschlos landete. Sie mußte auf irgendwelchen Abfall geplumpst sein, überlegte sich Jamal. Er sah sich um, entdeckte eine Mülltonne und kippte deren Inhalt in den Container, wobei er hoffte, daß der Abfall die

Pistole zudecken würde. Dann ging er zu Tito zurück, legte den Arm um ihn, und sie machten sich auf den Heimweg.

»Er hatte 'n Messer«, sagte Jamal. »Haste das Messer gesehn?«

Tito nickte.

»Ich hab probiert, es einfach einzustecken«, sagte Jamal. »Ich wollt die beiden einfach machen lassen. Mir war's sogar egal, wie schlimm's ausgehen würd, aber er wollt mich abstechen.«

Tito nickte. Dann blieb er stehen, stützte die Hände auf die Knie und erbrach sich.

»Wenn ihr Kinder die Finger vom Wein und von den Drogen lassen würdet, dann käm's nicht dazu, daß ihr euch mitten auf der Straße übergeben müßt!« Die Stimme der Frau war so tief wie die eines Mannes.

Jamal warf ihr einen Blick zu und legte dann den Arm um Titos Schultern.

Er dachte an den Spielplatz und daran, wie es dort jetzt wohl aussehen mochte. Er stellte sich vor, wie Angel in der Nähe vom Zaun lag und Indian möglicherweise nicht weit davon auf der anderen Seite. Es war nicht gesagt, daß sie schwer verletzt waren. Vielleicht waren sie jetzt noch im Park. Und dann, später, wenn es ihnen besserging, würden sie ihm und Tito die Scorpions auf den Hals hetzen.

»Jamal«, sagte Tito leise.

»Alles okay mit dir, Tito?«

»Entschuldige.«

»Du hast mir das Leben gerettet.«

»Ich wollt keinen erschießen.«

»Weiß ich, Mann.« Jamal hielt Tito am Arm. Er spürte, wie sein Freund zitterte.

»Klar wolltest du das nicht, aber der Angel hätt mich sonst abgestochen.«

Tito hatte Mühe beim Laufen. Er taumelte, und Jamal

dachte schon, er würde hinfallen. Sie blieben in der Nähe einer Bar stehen, wo Jamal Tito im blauen Licht des Neon-Klaviers im Fenster musterte.

»Bist du okay, Tito?«

Er sah alles andere als okay aus. Tito sah aus, als hätte einer sein Gesicht gezeichnet und die Augen durch dunkle Löcher ersetzt.

Tito zitterte und weinte. Zweimal noch mußten sie anhalten und ausruhen.

Jamal wollte nicht stehenbleiben. Er wollte heim, weg von den dunklen Straßen. Einmal war ihm, als sähe er Angel kommen. Er blieb stehen, das Herz trommelte ihm in der Brust, und er zog Tito in einen Hauseingang. Dabei war es gar kein Junge, sondern ein Mädchen in Jeans, das ein gelbes Tuch um den Hals trug.

Schließlich kamen sie vor Titos Haus an.

»Ich hab solche Angst«, sagte Tito.

»Schaffst du's bis nach oben?«

»Weiß nicht.«

»Versuch, nicht zu heulen, Mann«, befahl Jamal.

»Der liebe Gott wird mich bestrafen.«

Jamal zog Tito an sich und legte die Arme um ihn. »Alles wird gut werden, Tito. Alles wird gut werden.«

»Ich werd in die Hölle kommen.«

»Den beiden ist nix passiert«, sagte Jamal. »Sie werden bloß wütend sein auf uns, aber passiert ist ihnen nix.«

»Komm mit mir hoch«, bat Tito.

Jamal wollte nicht mit Tito nach oben gehen. Er mußte nach Hause.

»Okay.«

Es dauerte lange, bis Tito die Kraft fand, in den Lift einzusteigen. Jamal mußte ihn stützen. Oben angelangt, öffnete Tito die Tür, und sie gingen hinein.

»Tito?« hörten sie Titos Großmutter aus dem Bad rufen.

»Jamal ist mit dabei, Abuela«, antwortete Tito. Jamal wischte Titos Gesicht mit den Händen ab.

Sie gingen in Titos Zimmer, wo Jamal seinem Freund beim Ausziehen half und ihn ins Bett brachte.

»Ich muß gehn«, meinte Jamal.

»Jamal, betest du für mich?«

»Ja, mach ich. Und du für mich, okay?«

Abuela stand in der Tür und sprach spanisch.

»Mir geht's nicht sonderlich gut«, sagte Tito seiner Großmutter.

Abuela sagte noch etwas auf spanisch und verschwand.

»Sie macht mir Tee«, erklärte Tito.

»Ich muß weg.«

»Renn! Auf direktem Weg!« befahl Tito.

»Mach ich.«

Jamal hatte Angst. Angel wußte nicht, wo er wohnte, aber Blood und einige andere Bandenmitglieder wußten es, weil sie manchmal vorbeigekommen waren, um Randy abzuholen. Vielleicht warteten sie schon auf ihn. Vielleicht warteten sie im dunklen Hausflur, oder hinter einem geparkten Laster. Es war nicht so wichtig, *wann* sie ihn finden würden, aber daß sie ihn finden würden, war ihm klar.

Was würde er dann tun? Angel würde kein Messer mehr haben, sondern eine Schußwaffe. Vielleicht würde er, Jamal, die Straße entlanglaufen, in der er wohnte, und da, in den Schatten, würden sie auf ihn lauern. Sie würden hervorkommen und ihn erschießen.

Er mußte an die Pistole denken, die im Müllcontainer lag, und daran, ob er kehrtmachen und sie holen sollte. Aber dazu hatte er zuviel Angst. Er wußte, daß er das nicht wagen würde.

Die Straßen waren so dunkel. Er begann zu rennen, so schnell er konnte. Er rannte, bis der Schmerz in seiner Seite ihn langsamer werden und hinken ließ. Aber er blieb nicht stehen.

Mit angehaltenem Atem betrat er endlich seinen Hausflur. Angenommen, sie hatten es geschafft, in die Wohnung zu kommen? Vielleicht hatten sie sich sogar Mama und Sassy geschnappt?

Jamal ging langsam die Treppe hinauf, versuchte zu vermeiden, daß sie knarrte, versuchte so leise wie möglich zu sein. Oben angelangt, ging er rasch zur Wohnungstür und schloß auf.

Alles war still. Jamal schloß hinter sich ab, ging zu Sassys Zimmer und knipste das Licht an. Seine Schwester schlief in ihre Decken verwickelt und hatte ihre schwarze Puppe im Arm.

Jamal machte die Tür wieder zu und ging ins Bett, konnte aber nicht schlafen. Er lauschte auf Schritte im Flur, auf seltsame Geräusche. Er versuchte, die Geräusche im Hausflur von denen unten auf der Straße zu trennen. Als er schließlich einschlief, fiel das graue Licht der Morgendämmerung schon bis zur Mitte des Wohnzimmers.

»Jamal, ich bin überzeugt, daß dieses Medikament bei dir Wunder bewirken wird.« Mrs. Roberts hielt die Pille, die dafür sorgen sollte, daß Jamal in der Schule ruhiger war, in der einen und einen kleinen Pappbecher mit Wasser in der anderen Hand. »Ich habe noch nie so ein hyperaktives Kind gesehen. Hast du heute morgen Cornflakes gegessen?«

»Cornflakes? Ja, hab ich«, sagte Jamal.

Er nahm Mrs. Roberts die Pille und den Becher mit dem Wasser ab.

»Das solltest du in Zukunft auch unterlassen.« Mrs. Roberts nahm Jamal den leeren Becher weg und warf ihn in einen Abfalleimer. »Du solltest weniger Zucker zu dir nehmen.«

Jamal hatte seiner Mutter erzählt, bei den Pillen handle es sich um Vitamine, und alle älteren Jungen würden sie auch einnehmen. Mama hatte das Formular schließlich unterschrieben, hatte aber gesagt, sie wolle es sich später noch genauer ansehen.

Er war nicht sicher, ob es an der Pille lag oder einfach daran, daß er müde war, aber es ging ihm den ganzen Tag über recht gut. Manchmal war ihm fast so zumute, als würde er gleich einschlafen, aber er tat es nicht. Sogar als Billy Ware mit einem Haufen Quatsch bei ihm ankam, von wegen er sei der Meinung, Jamal könne mit Dwayne durchaus fertig werden, interessierte es ihn einfach nicht.

»Haste dem Dwayne dasselbe gesagt?« fragte er nur gelangweilt.

Billy kam ins Stottern und kriegte einen fliehenden Blick, woraus Jamal schloß, daß er Dwayne gegenüber genau das Gegenteil behauptet hatte. Er lachte Billy aus, und dann, mittendrin, vergaß er, was daran eigentlich so komisch war.

Es gab nichts, worüber er nachdenken wollte, und er konnte auch gar nicht denken. Bloß etwas gab es, was ihm nicht aus dem Kopf ging.

Tito war am Morgen nicht zur Schule gekommen.

In der Mittagspause kreuzte er dann endlich auf dem Schulhof auf. In der einen Hand hielt er eine Zeitung.

»Da steht nix drin«, sagte er und ging auf Jamal zu.

»Derartigen Kram über Jugendliche bringen sie nicht in der Zeitung«, erklärte Jamal. »Sowieso sind die beiden inzwischen vermutlich wieder okay.«

»Glaubste wirklich?« Tito hatte immer noch verschwollene Augen. Wahrscheinlich hatte er die ganze Nacht geheult.

»Ja, klar.«

»Ich hab Abuela erzählt, ich hätt mich geprügelt. Sie hat gedacht, ich hätt mich mit dir geprügelt, aber ich hab gesagt, zwei ältere Jungen wärn uns auf den Pelz gerückt.«

»Was hat sie gesagt?«

»Sie hat gesagt . . .« Tito brach ab und drehte sich weg. Jamal ging um ihn herum, um sein Gesicht zu sehen, aber Tito ließ es nicht zu und drehte sich einfach weiter. Jamal konnte sehen, daß er wirklich gewaltig durcheinander war.

»Alles wird gut werden, Mann«, sagte Jamal. »Das versprech ich dir.«

»Vielleicht komm ich heut abend zu dir rüber«, antwortete Tito. »Wir könnten 'n paar Comics lesen oder so.«

»Nö, für 'ne Weile kannste nicht kommen«, wehrte Jamal ab. Er schaute zu, wie von einem basketballähnlichen Spiel, das eine der unteren Klassen machte, ein Tennisball auf ihn zugehopst kam. Er fing ihn auf und warf ihn einem kleinen Mädchen zu, das die Hände danach ausstreckte, aber er flog über seinen Kopf hinweg. Das Mädchen stemmte eine Hand in die Hüfte und streckte Jamal die Zunge heraus.

»Wieso kann ich nicht zu dir rüberkommen?« wollte Tito wissen. »Haste 'ne Wut auf mich?«

»'ne Wut soll ich auf dich haben? Du hast mir's Leben gerettet, und ich soll 'ne Wut auf dich haben?« fragte Jamal. »Du kannst deshalb nicht kommen, weil meine Mom ganz aus dem Häuschen ist wegen Randy.«

»Liegt er immer noch im Krankenhaus?«

»Ja, und sie probiert immer noch, das Geld zusammenzukriegen, um ihn rauszuholen«, erklärte Jamal. »Nächste Woche kannste vielleicht wieder kommen.«

Jamal wollte Tito nicht sagen, daß er eigentlich vor den Scorpions Angst hatte. Falls sie zu ihm nach Hause kamen, würden sie sich so wenigstens nur ihn vorknöpfen können und nicht auch noch Tito. Er sah, daß sein Freund mit dieser Antwort nicht zufrieden war, aber für den Augenblick würde er sich damit begnügen müssen.

»Wieso schicken sie ihn zurück, wenn er immer noch von Kopf bis Fuß verbunden ist?« erkundigte sich Sassy.

»Im Gefängnis gibt's auch 'n Krankenhaus«, erklärte Mama. »Sie sagen, dort dürft er vielleicht 'n halbes Jahr lang arbeiten oder so, bis er wieder zu Kräften gekommen ist.«

»Was hat der Rechtsanwalt gemeint?«

»Nachdem sich ja Mr. Stanton geweigert hat, mir das Geld zu pumpen, hat er gesagt, er könnt nicht viel tun. Er hat beantragt, daß der Randy runterverlegt wird nach Rahway. Ich hätt's dann viel einfacher mit dem Besuchen. Aber das ist alles.«

»Und was ist mit der Berufung?« fragte Jamal.

»Jamal, stimmt was nicht mit dir?«

»Nö, alles in Ordnung, Ma'am.«

»Ich glaub, der hat getrunken«, meldete Sassy.

»Jamal, wenn dir irgendwas Sorgen macht . . .«

»Mir geht's okay«, sagte Jamal. Er brachte ein Lächeln zuwege.

Mama stieß heftig die Luft aus. »Ich muß euch Kinder hier rauskriegen. Irgendwohin, wo's besser ist. Das muß ich schaffen, bevor ihr euch auch noch Ärger einhandelt, die Sassy und du.«

»Ich nicht«, widersprach Sassy. »Ich bin vernünftig.«

»Wir werden alle mit Vernunft geboren«, sagte Mama. »Weiß der liebe Gott, was im Verlauf des Lebens damit passiert.«

»Gehste heut den Randy besuchen?« fragte Sassy.

Mama schüttelte den Kopf.

Nach dem Abendessen stellte Jamal den Fernseher an und guckte Nachrichten.

19

»Jamal, zieh dich an, damit wir in die Kirche gehn können!« befahl Mama.

»Du willst also heut abend nicht den Randy besuchen?« erkundigte sich Sassy.

»Nein, ich schaff's einfach nicht«, antwortete Mama.

»Mir geht's nicht so gut«, meldete Jamal. »Ich hab mir gedacht, daß ich vielleicht zu Haus bleib heut.«

»Ich seh schon die ganze Woche, wie schlapp du bist«, sagte Mama. »Du nimmst doch keine Drogen, oder doch?«

»Seh ich so aus?«

»Der Randy hat in 'nem Sessel gehockt, der genauso war wie der da, und er hat genau dasselbe gesagt«, sagte Mama. »Und wenn man ihn so anguckte, während er es sagte, hätt man denken können, der könnt kein Wässerchen trüben.«

»Mama, ich hab keine – «

»Jamal!«

»Na gut, ich geh mit.«

Jamal zog seine Schulhose an, Sassy kämmte sich. Mama cremte Sassy das Gesicht ein und knüpfte ihr das Haarband. Es war schön, wenn Mama abends daheim war. Bisher hatte sie jeden Abend die lange Busfahrt nach Stormville und zurück gemacht.

Jamal fragte sich, wie Randy wohl zumute war, wenn ihn Mama nicht besuchen kam. Würde er dann Angst haben, so wie er jetzt? Vielleicht hatte Randy ja sogar noch mehr Angst als er, jetzt, wo er in das Gefängnis zurückverlegt wurde. Dort saßen ja auch diese Kerle, die mit Messern auf ihn losgegangen waren.

»Jamal, die Mama sagt, du sollst dich beeilen, deine häßliche Visage herzurichten!« rief Sassy durch die Badezimmertür.

»Nimm dich bloß in acht, sonst verpaß ich *dir* 'ne häßliche Visage!« rief Jamal seiner Schwester zu.

Jamal mußte immerzu an die Angst denken, die Randy und er verspürten. Eine Weile hatte er sich stark und mutig gefühlt. Als er mit seiner Pistole ausgerüstet im Lagerraum der Schule gewesen war, da hatte er sich gut gefühlt. Nicht mal in dem Crack-Haus bei der Suche nach Mack war ihm mulmig gewesen. Möglich, daß man ziemlich schnell Probleme bekam, wenn man eine Schußwaffe besaß, aber zumindest hatte man keine Angst.

»Jamal!«

Der Hausmeister hatte den Flur wieder mit Salmiakgeist gewischt, wie er es einmal wöchentlich tat, und Jamal spürte, wie ihm von dem beißenden Geruch übel wurde.

»Von jetzt an gehn wir öfters mal gemeinsam zur Kirche«, sagte Mama. »Wird euch kein bißchen schaden, also probier nicht, dich zu drücken, Jamal.«

»Ich hab gar nix gesagt«, gab Jamal zurück.

»Mir ist, als hätt er grad was sagen wollen, Mama.«

»Sassy, wie kannste bloß auf 'm Weg zur Kirche 'ne Lüge über die Lippen kriegen?« fragte Mama.

»Der fällt doch immer was ein«, sagte Jamal.

Da war Mack.

Jamals Magen krampfte sich zusammen, als er ihn auf der Vordertreppe sitzen sah.

»Hey, ich hab's glatt vergessen, in welcher Wohnung du wohnen tust«, sagte Mack. »Wie geht's, Mrs. Hicks?«

»Nicht schlecht«, entgegnete Mama abweisend.

»Und wie geht's 'm Randy?«

»Besser«, sagte sie.

»Hey, Jamal, haste mal 'n paar Sekunden?«

»Ich bin in einer Minute in der Kirche, Mama«, sagte Jamal.

Mamas Augen sprühten Blitze. »Willste wirklich mit dem da reden, Jamal?«

»Ja, Ma'am.«

»Ich erwart von dir, daß du in fünf Minuten in der Kirche bist. Wenn ich dich bis dahin nicht seh, dann komm ich dich holen! Kapiert?«

Mama nahm Sassys Hand, ging die Straße entlang und folgte dem Menschenstrom, der sich mit gleichmäßigen Schritten auf die Tabernack Church zubewegte.

»Was ist 'n los?« Jamal roch, daß Mack eine Weinfahne hatte. Er sah sich um, ob weitere Scorpions in der Nähe waren.

»Ich konnt nich anders, Mann«, sagte Mack.

»Was meinste damit?«

»Ich hab 'n Angel und 'n Indian ausgeschaltet.«

»Was hast du?« Jamal wurde schwach in den Beinen, und er setzte sich aufs Treppengeländer.

»Sie ham mir ewig Probleme gemacht, also hab ich 'ne Sitzung organisiert. Wir ham uns im Clubhaus getroffen, dann ham wir noch 'ne kleine Runde gedreht, und ich hab ihnen geflüstert, daß ich nich zu der Sorte gehör, wo sich gefallen läßt, daß man ihnen Probleme macht. Dann ham sie sich mords aufgespielt, und ich mußt's ihnen besorgen.«

»Was haste gemacht?«

»Wir warn in dem kleinen Park an der Lenox Avenue.«

»Im Marcus Garvey Park?«

»Genau.« Mack nickte. »Wie sich dann der Angel so aufgespielt hat, da hab ich 'n umgepustet. Hab ihm 'n Loch in die Rübe gebohrt. Dann wollt sich der Indian einmischen, also hab ich dem auch noch eine reingeballert.«

»Sind sie tot?«

Jamal spürte, wie seine Hand zitterte, also steckte er sie unter den Schenkel, damit Mack es nicht sah.

»Der Angel is kalt, aber der Indian hat's bis in die Notaufnahme vom Kiffer-Hospital geschafft. Dort ham sie 'n bißchen zusammengeflickt, und dann ham sie 'n eingebuchtet, weil er Stoff inner Tasche hatte. Der is für 'ne gute Weile versorgt.«

»Also sitzt er jetzt im Knast?«

»Ja, aber rat mal, was der noch bringen wollt?«

»Was?«

»Er hat getönt, du hättst 'n gelinkt. Er sagt, wir wärn zu zweit gewesen, du und ich, du hättst mit 'm gequatscht, und dann wär ich hinterm Baum vorgeschossen und hätt 'm eine reingepustet. Macht aber nix, weil ich alles geklärt hab, und nu sind wir zwei beide die obersten Männer bei 'n Scorpions. Jetzt kann uns keiner mehr was.«

Jamal sah sich um und versuchte, wieder ruhiger zu atmen.

»Ich bin der Sache mit 'n Scorpions nicht gewachsen«, wandte er ein.

»Doch biste das, Brüderchen.«

»Nö, du hast mehr Mumm als ich. Mit dir wird sich der Indian nicht anlegen.«

»Hey, du weißt ja, Mack der Große, der bringt's.«

»Was sagen die andern?«

»Die tun kein Muckser«, sagte Mack. »Wenn du paar umlegst, weiß jeder Bescheid. Dann blicken sie, daß du 'n eiskalter Killer bist und nich bloß Sprüche klopfst.«

»Du mußt 'n King machen bei 'n Scorpions«, sagte Jamal. »Du bist der richtige Mann, Mack.«

»Ja, vielleicht haste recht«, sagte Mack. »Weil du bist bißchen jung, Mann, daran liegt's. Kerle wie der Indian und der Blood sin zu alt für dich.«

»Hat's den Indian schlimm erwischt?«

»Ziemlich, weil ich 'm nämlich eine ins Genick geballert hab. Aber verpfeifen kanner mich nich, das is 'm klar, weil ich zuviel Leut kenn im Bau. Er kann bloß Wind machen, sonst gar nix.«

»Also wirste deshalb keine Probleme kriegen?«

»Nö, Mann, wenn du einen kalt machst, der wo nix is und nix hat, dann will keiner was von dir«, erklärte Mack.

»Werden dich die Dealer akzeptieren? Was haben die gesagt?«

»Was solln die 'n groß sagen? Die brauchen Beine, und die Scorpions ham die besten in der Szene. Der Randy hockt im Bau, der Indian jetzt auch, der Angel liegt im städtischen Gefrierschrank. Die Dealer wern nehmen müssen, was noch rumspaziert.«

»Ich sag also meiner Mutter, sie soll dem Randy ausrichten, daß du die Scorpions übernimmst. Wird er kapieren, denk ich mir.«

»Jaja. Der Randy, das is mein bester Kumpel. Hör zu, ich muß rüberschwirren in 'n anderen Stadtteil«, sagte Mack. »Ich wollt bloß, daß du blickst, was sich so alles getan hat.«

»Glaubste, der Indian wird mir noch Probleme machen?«

»Nö, Mann, wieso denn? So wie's gelaufen is, isses gelaufen! Wenn du dich auf der Straße rumschlagen tust, dann mußte dich mit 'n Regeln abfinden, die wo da gelten. Hey, da kommt deine Mama. Zu deiner Mama mußte nett sein, weil wenn die weg ist, dann tut's weh.«

»Ja, ich meld mich mal irgendwann.«

»Und vergiß nicht, daß du deiner Mom sagst, sie soll 'm Randy sagen, daß ich jetzt King bin bei 'n Scorpions.«

»Ja, wird gemacht.«

Jamal sah zu, wie Mack auf- und abwippend die Straße entlangtänzelte, doch auf halber Strecke machte er kehrt und kam noch mal her.

»Hey, Jamal, ich will nich, daß du dir Streß machst wegen irgendwas, weil nämlich die Scorpions volle Pulle hinter dir stehn. Und das is die heilige Wahrheit, kannste dich selber von überzeugen.«

Mack streckte ihm zur Bekräftigung die Hand entgegen, und Jamal klatschte mit der flachen Hand drauf.

»Was hat er 'n gewollt?« fragte Mama.

»Er hat mir gesagt, er würd die Scorpions übernehmen«, erklärte Jamal. »Ich glaub, daß das ganz im Sinn vom Randy ist.«

20

Die Scorpions kamen in voller Kluft zu Angels Beerdigung. Mack war jetzt King, aber man munkelte, Blood sei gerade dabei, Probleme zu starten. Mack sagte, das hätte nichts zu bedeuten, denn in Wirklichkeit würde sich Blood nicht mit ihm anlegen wollen.

Es war eine kleine Beerdigung. Hinter dem Leichenwagen reihten sich drei weitere Autos auf – ein alter, dunkelgrüner Cadillac, in dem Angels Familie saß, und zwei neue Lincolns, die die Dealer den Scorpions geliehen hatten. Sämtliche Jugendliche vom ganzen Straßenblock befanden, es hätte stark ausgesehen, wie die Scorpions aus der Leichenhalle gestürmt wären und sich in die Autos geschmissen hätten.

»Ich bin auch 'n Scorpion.« Ein Jugendlicher mit relativ heller Haut und eng am Kopf entlang geflochtenen Zöpfchen hielt lässig einen Zahnstocher zwischen den Lippen, während er sprach.

Was Jamal nicht aus dem Kopf ging, das war Tito. Indian saß im Knast, Angel war tot, aber Jamal war klar, daß auch Tito etwas abgekriegt hatte. Es war, als wäre auch er verwundet worden, nur konnte Jamal die Wunde nicht sehen, obwohl er wußte, daß sie da war. In der Woche vor Angels Beerdigung rührte sich Tito nicht von zu Hause weg. Als Jamal seinen Freund besuchte, fand er ihn in seinem Zimmer vor, wo er mit heruntergezogenen Jalousien dasaß und vor sich hin grübelte. Jamal erzählte, was passiert war und daß

Mack behauptete, er hätte Angel umgebracht und Indian angeschossen.

»Er hat 'ne Riesenstory draus gemacht«, erzählte Jamal. »Als wär er wirklich 'n Mordstyp.«

Tito flüsterte etwas, was Jamal nicht verstand. Also drehte er das Radio leiser und bat seinen Freund, es noch mal zu sagen.

»Ich wollt keinen umbringen«, wiederholte Tito.

»Weiß ich doch, Mann.« Jamal legte den Arm um ihn.

Beim nächsten Mal ließ ihn Abuela nicht in die Wohnung.

»Er ist krank«, war alles, was sie sagte.

Jamal rief zweimal bei Tito an, aber Abuela weigerte sich, ihn ans Telefon zu lassen. »Ruf nicht wieder an«, sagte sie. »Er ist zu krank.«

Jamal fragte Mrs. Rose im Schulbüro, ob sie etwas gehört hätte, aber sie sagte nein, sie wisse auch nichts, aber wenn Tito nicht bald wieder käme, würde er zuviel versäumen.

Nach der Beerdigung fing Jamal an, auf dem Treppenabsatz vor Titos Haus zu sitzen. Egal, wie kalt es war.

Manchmal sah ihn Abuela dort, wenn sie herauskam, um einkaufen zu gehen. Er sprach sie nicht an, obwohl ihm manchmal so war, als wolle sie etwas sagen.

Mama machte sich Sorgen um ihn, das war ihm klar. Laufend fragte sie, ob er Drogen nehmen würde, und einmal durchsuchte sie die Couch.

»Hättste Lust, den Rest vom Schuljahr in North Carolina zu verbringen?« fragte sie ihn.

»Ich geh nicht nach North Carolina«, antwortete er.

Am Mittwoch vor den Zeugnissen war es kalt, aber die Sonne schien. Als Mr. Hunter Jamal nach den Hausaufgaben fragte und er sie nicht gemacht hatte, wurde er umgehend in Mr. Davidsons Büro geschickt. Es war, als hätten sie geradezu darauf gewartet, daß er etwas anstellte.

Mr. Davidson erklärte ihm, er würde empfehlen, daß man ihn fortan in eine Schule für Problemkinder schicke.

»Ich hab nix dagegen«, gab Jamal zur Antwort.

Als Mrs. Rich erfuhr, was Mr. Davidson gesagt hatte, sprach sie Jamal im Korridor an. Er müsse nicht in diese andere Schule, wenn er nicht wolle, erklärte sie. Er könne auch für den Rest vom Schulhalbjahr zu Hause bleiben und zum neuen Halbjahr wiederkommen.

»Falls du dich dafür entscheidest, mußt du die Klasse allerdings wiederholen«, sagte sie. »Aber du solltest es dir überlegen. Du bist nicht sonderlich groß, und derartige Problemkinder gehen nicht gerade sanft miteinander um.«

Jamal zuckte die Achseln. Er freute sich darüber, wie Mrs. Rich mit ihm redete. Als hätte sie wirklich Interesse an ihm. Er sprach es nicht aus, aber er freute sich.

Am nächsten Tag ging er gar nicht erst zur Schule. Er setzte sich vor Titos Haus auf die Treppe, dachte darüber nach, was Mrs. Rich gesagt hatte, und darüber, wieviel er wohl verdienen konnte, wenn er im Supermarkt Tüten und Kartons schleppte.

Da kam Tito heraus.

Er hatte abgenommen und wirkte sehr blaß mit der Tür des Mietshauses im Rücken.

Jamal sah ihn an, wollte aufstehen, setzte sich dann aber wieder. Tito sah aus, als könne er jeden Moment davonrennen.

Schweigend verharrten sie eine Weile oben auf der Treppe, dann ging Tito die Stufen hinunter und setzte sich in Bewegung. Jamal stand auf und ging neben ihm her.

»Wie geht's dir denn so?« erkundigte sich Jamal.

»Nicht so besonders.«

»Alles wird gut werden, Mann«, sagte Jamal. »Wirklich.«

»Abuela hat gesagt, du würdst mich verprügeln«, sagte Tito.

»Du hast ihr doch hoffentlich nix erzählt?«

»Jamal.« Titos Stimme wurde ganz leise. »Es hat mich fast zerrissen. Ich mußt's ihr erzählen. Mir war laufend elend, weil ich's nicht rausgelassen hab.«

»Ich denk mir, daß du schon wieder werden wirst«, sagte Jamal. »Vielleicht dauert's noch 'n Weilchen, aber du wirst schon wieder werden.«

»Abuela hat sich 'nen Rechtsanwalt genommen, und wir sind zur Polizei«, erklärte Tito.

Jamal blieb stehen. »Und dann?«

»Ich hab ihnen erzählt, ich hätt 'ne Pistole gefunden, und dann wär ich durch den Park spaziert, und Indian und ... der andere hätten mich angefallen.« Tito drehte sich weg. »Dann haben sie mir 'nen Haufen Fragen gestellt, ob ich irgendwas wüßt über Crack-Dealer, und ich hab nein gesagt. Ich hab ihnen erzählt, ich wär allein gewesen. Ich glaub nicht, daß die ganze Angelegenheit sie groß interessiert hat.«

»Wird's 'ne Gerichtsverhandlung geben?«

»Nö. Sie haben in der Schule angerufen, um sich mein Alter bestätigen zu lassen, und dann haben sie mich als jugendlichen Straftäter eingestuft.«

Jamal sah die Tränen über Titos Gesicht laufen.

Jetzt sahen seine Augen plötzlich aus wie die von Abuela.

»Tito ...« Jamal suchte nach Worten, fand sie aber nicht.

»Sie haben gesagt, da ich ja noch ziemlich jung wär, könnt ich nach Puerto Rico zu meinem Vater ziehen, und dann wär alles klar.«

»Also mußte weg von hier?«

»Ich wollt, sie hätten mich verprügelt«, fuhr Tito fort. Er weinte heftiger jetzt, sein ganzer Körper wurde geschüttelt.

Eine lange Weile sahen sich die beiden Jungen schweigend an.

»Tito, es tut mir so leid«, sagte Jamal schließlich.

»Mir auch.« Dann machte Tito kehrt und rannte ins Haus.

Langsam ging Jamal heim. Es gab noch mehr, was er Tito hatte sagen wollen. Er hatte sagen wollen, es täte ihm leid mit der Pistole, es täte ihm leid, daß er sie nicht weggeworfen hatte, als Tito gesagt hatte, er solle es tun. Ab er hatte die Worte nicht herausgekriegt. Sie hatten ganz unten in seinem Magen gelegen wie Steine, die auf seinem ganzen Leben lasteten.

Er hatte nur negative Gedanken, was die Pistole betraf. Sie hatte so viele Probleme verursacht, hatte ihnen soviel Schlimmes zugefügt. Aber da war noch etwas anderes. Etwas, das ganz tief in ihm versteckt lag und von dessen Existenz Tito, wie er annahm, ebenfalls wußte, noch bevor er selbst es tat. Und das war der Teil von ihm, ein kleiner, verängstigter Teil, der die Pistole immer noch haben wollte.

Abuela rief an dem Tag an, als sie nach Puerto Rico aufbrachen. Mama ging ans Telefon und sprach mit ihr.

»Warum haste mir denn nicht erzählt, daß der Tito nach Puerto Rico zieht, Jamal?« fragte sie anschließend. »Kein Wunder, daß du ewig den Kopf hängen läßt. Der Herr weiß, daß es nicht leicht ist, 'nen Freund zu verlieren.«

»Wann zieht er weg?« wollte Sassy wissen.

»Abuela sagt, sie wären grad im Begriff loszufahren«, sagte Mama. »Soll ich mit dir rübergehen, Jamal, damit du dich verabschieden kannst?«

Jamal sagte nein.

Er holte die Zeichnung von Tito, an der er gearbeitet hatte. Es war die beste Zeichnung, die er je gemacht hatte. Er rollte sie zusammen und wickelte sie sorgfältig in Plastikfolie.

»Alles klar mit dir, Jamal?« erkundigte sich Sassy.

Jamal nickte.

»Wirklich gut, dein Bild«, sagte sie. »Tito wird sich freun.«

Es war Sonntagnachmittag, und die Straße vor Titos Haus war voller Menschen. Einige Männer kickten einen Fußball hin und her.

Abuela und Tito warteten schon vor dem Haus, und ihr Gepäck stand auf dem Bürgersteig. Tito drehte sich weg, als Jamal kam, und Jamal dachte schon, er sei böse mit ihm. Aber als er um ihn herumging, um sein Gesicht zu sehen, sah er, daß Tito wieder heulte.

»Ich besorg mir 'n Boot, und dann komm ich dich in Puerto Rico besuchen.«

Tito lächelte. Die Tränen in seinen Augen funkelten.

»Du siehst häßlich aus, wenn du heulst«, sagte Jamal.

»Jeder sieht häßlich aus, wenn er heult«, gab Tito zurück.

Ein gelbes, verrostetes Taxi hielt am Randstein an. Abuela begann, die Reisetaschen auf den Rücksitz zu laden.

»Willste das da mitnehmen?« Jamal holte seine Zeichnung aus der Verpackung.

Tito betrachtete sie, dann sah er Jamal an. »So seh ich nicht mehr aus«, sagte er. »Ich hab mich verändert.«

Er gab Jamal die Zeichnung zurück und rannte zum Taxi.

Jamal lehnte sich mit dem Rücken an das rote Backsteingebäude und sah zu, wie der kleine, stämmige Taxifahrer die letzte Tasche in das klapprige Auto lud.

Dann fuhr er los. Jamal machte sich auf den Heimweg. Er dachte nicht nach, fast war es, als fühle er auch nichts, abgesehen von dem Brennen in seinen Augen und dem dumpfen Schmerz in seiner Kehle, der da in regelmäßigen Abständen zu spüren war. Er lief mit dem Wind im Gesicht und dem Blues in den Ohren, der blechern aus einem billigen Lautsprecher schallte, und versuchte an die Zukunft zu denken.

»Jamal!«

Zuerst dachte er, es könne nicht sein Name sein, den er da über den Straßenlärm hinweg hörte. Er dachte, es müsse der Wind gewesen sein, der über die lose herunterbaumelnden Blechschilder der leerstehenden Läden strich, oder ein klagendes Geräusch, das aus einem Gettoblaster zu ihm herüberschallte.

»Jamal!«

Er drehte sich um, und da kam langsam das Taxi angefahren.

Als es anhielt, stürzte Tito heraus, rannte zu ihm her, packte ihn, umarmte ihn und küßte ihn.

Dann sah Tito seinen Freund ein Weilchen an und nahm ihm das Bild ab. Sie sahen sich in die Augen.

»Tito!« Das war Abuelas Stimme.

In einem einzigen Augenblick, der so kurz war, daß er schon fast zur Erinnerung wurde, noch bevor er vorüber war, machte Tito kehrt und rannte zum Taxi zurück.

Im Rückfenster war eine dunkle Gestalt zu sehen, als das Taxi davonfuhr. Jamal konnte nicht erkennen, ob es Abuela oder Tito war, während er winkte.

Der Wind wurde stärker, und es war kälter, viel kälter als zuvor. Ein hochgewachsener Jugendlicher in Turnschuhen, der in die gleiche Richtung ging, musterte Jamal von Kopf bis Fuß. Jamal warf den Kopf zurück und setzte einen harten Blick auf, bis der andere wegsah. Dann stellte er den Kragen seiner Jacke hoch, um sich gegen den Wind zu schützen.